嘘をもうひとつだけ

# 再一個謊言

東野圭吾
Higashino Keigo

鍾蕙淳——譯

# 再一個謊言

Contents


005 總導讀 由不屈的堅持所淬鍊出的奇蹟 林依俐
013 再一個謊言
049 冰冷的灼熱
095 第二志願
145 失算
195 朋友的忠告
233 解說 除了謊言與圓謊之外？ 藍霄

# 由不屈的堅持所淬鍊出的奇蹟

總導讀　林依俐

如果你問我，東野圭吾是位什麼樣的作家？

我會回答你，他是位不幸的作家。

你一定會覺得奇怪，光是以《嫌疑犯X的獻身》（二〇〇五）一書，便幾乎囊括了二〇〇六年日本推理文學相關獎項，同書在日本的銷售量更是打破五十萬大關的「暢銷作家」東野圭吾，怎會有什麼不幸可言？

在說明之前，請讓我先簡單介紹一下東野圭吾這位作家。

東野圭吾一九五八年生於大阪，大學畢業後進入汽車零件製作公司擔任工程師。由於希望在工作以外，也能在私生活之中有個較爲不同的目標，所以開始著手撰寫推理小說，投稿日本推理文學代表性的公開徵選長篇小說獎「江戶川亂步獎」。

這並不是東野第一次寫推理小說。早在他十六歲的時候，由於看了小峰元的作品《阿基米德借刀殺人》（一九七三，第十九屆江戶川亂步獎作品）大受感動，之後又讀了松本清張的《點與線》（一九五八）、《零的焦點》（一九五九）等作品。一頭推理熱的他便曾試著撰寫長篇推理小說，而且第一作還是以重大社會問題爲主題。然而由於完成於大學時期的第二作被周遭朋友嫌棄，「寫小說」這件事便從他的生活之中消失了好一陣子。

而獲得亂步獎的夢想讓東野重拾筆桿。在歷經兩次落選後，他的第三次挑戰——以發生在女子高中校園裡的連續殺人事件爲主軸展開的青春推理《放學後》（一九八五）——成功奪下了第三十一屆江戶川亂步獎。之後他很快地辭了工作，前往東京致力於寫作。自從一九八五年《放學後》出版以後，東野圭吾幾乎是每年都會有一到三部甚至更多的新作問世。他不但是個著作等身的多產作家，其筆下的內容也橫跨了推理、幽默、科幻、歷史、社會諷刺等，文字表現平實，但手法卻絲毫不拘泥於形式，多變多樣。

看到這裡，如果你對於近年的日本推理有一定程度的了解，或許你會聯想到宮部美幸——多彩的文風、平實的敘述、充滿令人訝異的意外性；但是在兩者之間卻又有著決定性的不同。

那就是——相對於宮部美幸出道前期的二十年來，陸續囊括高達十項的日本各式文學獎，筆下著作本本暢銷；東野圭吾卻是一直與日本的各式文學獎項擦肩而過，且眞正開始被稱爲「暢銷作家」，也是出道後過了十多年的事。

實際上在《嫌疑犯X的獻身》同時獲得直木獎與本格推理大獎，並且達成日本推理小說三大排行榜——「這本推理小說了不起！」、「本格推理小說BEST10」、「週刊文春推理小說BEST10」——前所未有的三冠王之前，東野出道前期的二十年來所寫下的六十本小說（包含短篇集）裡，除了在一九九九年以《祕密》（一九九八）一書獲得第五十二屆日本推理作家協會獎之外，其他作品雖然一再入圍直木獎、吉川英治文學新人獎等獎項，卻總是鎩羽而歸。

在銷售方面，他也不是那種只要出書就大賣的暢銷作家。在打著「江戶川亂步獎」招牌的出道作《放學後》創下十萬冊的銷售紀錄之後（江戶川亂步獎作品通常都能賣到十萬冊），整整歷經了十年，東野才終於以《名偵探的守則》（一九九六）打破這個紀錄，而眞正能跟「暢銷」兩字確實結緣，則是在《祕密》之後的事了。

或許是出道作《放學後》帶給文壇「青春校園推理能手」的印象過於深刻，東野圭吾本人雖然一直想剝下這個標籤，過程卻不太順利。書評家往往不是很關心他在寫作上的新挑戰。這也難怪，在東野出道後兩年，也就是一九八七年，以綾辻行人等年輕作家爲首，提倡復古新說推理小說的「新本格派」盛大興起。從文風與題材選擇看來，東野圭吾作品用字簡單，謎題不求華麗炫目，內容既不夠社會派又不像新本格，自然不會是書評家們熱心關注的對象。

就這樣出道十餘年，雖然作品一再入圍文學獎項，卻總是未能拿到大獎；多少有機會再版，卻總是無法銷售長紅；傾注全力的自信之作，卻連在雜誌的書評欄都占不到個像樣的位置。

所以我才會說，東野圭吾是個不幸的作家。說眞話這何止是不幸，實在是坎坷，簡直像是不當的拷問。

在獲得江戶川亂步獎後，抱著成爲「靠寫作吃飯」之職業作家的決心，東野圭吾辭去了在大阪的穩定工作來到了東京。這個決定使得他沒有退路，不管遭遇什麼樣的挫折，都只能選擇前進。於是只要有機會寫，東野圭吾幾乎什麼都寫。

二〇〇五年初，個人有幸得以見到東野圭吾本人並進行訪談時，曾經談到關於他剛出道不久時，在推理小說的範疇內不斷挑戰各式題材時期之心境。他是這麼回答的：

「那時的我只是非常單純地覺得自己必須持續寫下去，必須持續地出書而已。只要能夠持續出書，就算作品乏人問津，至少還有些版稅收入可以過活；只要能夠持續地發表作品，至少就不會被出版界忘記。出道後的三、五年裡，我幾乎都是以這種態度在撰寫作品。」

不過畢竟是背負著亂步獎的招牌出道，畢竟是身處日本泡沫經濟蓬勃、推理小說新風潮再起的八〇年代後半至九〇年代，向其邀稿的出版社當然也都希望東野圭吾能夠以「推理」爲主題書寫。配合這樣的要求，以及企圖擺脫貼在自己身上那「青春校園推理」標籤的渴望，東野嘗試了許多新的切入點，使出渾身解數試著吸引讀者與文壇的注意。於是古典、趣味、科學、日常、幻想，在他筆下似乎沒有什麼題材不能入推理，似乎沒有題材不能成爲故事的要素。或許一開始只是爲了貫徹作家生活而進行的掙扎，但隨著作品數量日漸累積，曾幾何時也讓東野圭吾在日本文壇之中，確實具備了「作風多變多樣」這難以被輕易取代的獨特性。

是的，東野圭吾是位不幸的作家。但也因此我們才得以見到，那些誕生於他坎坷的作家路上，由歷經幾多挫折仍不屈的堅持所淬鍊而成，在簡素之中卻有著數不清面貌的故事。以讀者的角度而言，能與這樣的作家共處同一個時代，還眞是宛如奇蹟一般的幸運。

在推理的範疇裡，東野圭吾從不吝惜挑戰現狀。從初期以詭計爲中心的作品，漸漸發展出許多具有獨創性，甚至是實驗性的方向。其中又以貫徹「解明動機」要素（WHYDUNIT）的《惡意》（一九九六）、貫徹「找尋兇手」要素（WHODUNIT）的《誰殺了她》（一九九六）、貫徹「分析手法」要素（HOWDUNIT）的《偵探伽利略》（一九九八）三作，可說是東野在踏襲傳統推理小說元素之下，卻又充分呈現了屬於現代風貌的鮮麗代表作。

而出身於理工科系的背景，也讓東野在相較之下，比其他作家更擅長消化並駕馭以科技爲主軸的題材。像是利用運動科學的《鳥人計畫》（一九八九）、涉及腦科學的《宿命》

（一九九〇）和《變身》（一九九一）、生物複製技術的《分身》（一九九三）、虛擬實境的《平行世界的愛情故事》（一九九五），還有之後以湯川學爲主角展開的「伽利略系列」裡，東野都確實地將自己熟悉的理工題材，在分解組合後以最簡明的方式呈現在讀者眼前。

另一方面，如同「處女作是作家的一切」這句俗語所述，高中第一次寫推理小說便企圖切入當時社會問題的東野圭吾，由《以前，我死去的家》（一九九四）中牽涉兒童虐待的副主題爲開端，對於社會人心的描寫，似乎也成了他作家生涯的重要課題。例如以核能發電廠爲舞臺的《天空之蜂》（一九九五）、試探日本升學教育問題的《湖邊凶殺案》（二〇〇二）、直指犯罪被害人及加害人家屬問題的《信》（二〇〇三）和《徬徨之刃》（二〇〇四），都在在顯露出東野對於刻畫社會問題與人性的執著。

東野圭吾這種立足於推理，進而衍生至科技與人性主題上的寫作傾向，在發表於二〇〇五年的《嫌疑犯X的獻身》中，可說是達到了奇蹟似的調和，也因爲這部作品，在二〇〇六年贏得各種獎項，讓東野圭吾正式名列「家喻戶曉的暢銷作家」之列。加上這幾年來，東野作品紛紛電視電影化，他的不幸時代成爲過去，並站上前人未達之高峰。二十年來的作家生涯開花結果，創造了日本推理文壇近年來難得一見的奇蹟。

好了，別再看導讀了。快點翻開書頁，用你自己的眼睛與頭腦，去感受確認東野作品中理性與感性並存，而又如此引人入勝的獨特魅力吧！那將會勝於我在這裡所寫的千言萬語。

本文作者介紹

林依俐，一九七六年生。嗜好動漫畫與文學的雜學者。曾於日本動畫公司GONZO任職，返國後創辦《挑戰者月刊》並擔任總編輯，現任青空文化總編輯。

# 再一個謊言

# 1

最後一次正式彩排進行到一半。

第二幕〈洞窟中〉，描述阿爾與情人布魯莎發現寶藏的情景。雙人舞後，先由布魯莎獨舞，接著換阿爾獨舞，結尾再跳一次雙人舞，也就是所謂的Pas de deux。

這齣戲最大的賣點，就是後半場布魯莎揮動魔毯的舞蹈。實際上，是阿爾單手高高舉起布魯莎。他不僅要支撐同伴，還得在狹窄的舞台上來回舞動。男舞者固然辛苦，女舞者也需相當的體力。更不用提，雙方得帶著幸福洋溢的神情表演。畢竟依劇情的設定，兩人發現寶藏後欣喜若狂。

「信二，你的動作變小了!那樣根本沒有飛躍的感覺，要我說幾次!」

擴音器中傳出眞田的話聲。身爲導演的他，坐在觀眾席中央緊盯著舞台。數小時後即將坐滿的劇場，目前沒有任何一名觀眾進場。在導演的注視下，弓削芭蕾舞團的舞者聚精會神地排練。

寺西美千代站在離眞田不遠的走道上，不光留意舞者，也關注舞台整體表現和燈光效果。她擔心公演會流於廉價庸俗，企盼觀眾能由衷認定這是弓削芭蕾舞團的經典劇碼。多虧投入高額的宣傳費用，預售票早銷售一空。圓滿達成身爲事務局長的任務，她深深引以爲豪。接下來，只剩能否呈現讓評論家讚歎的舞台。此刻，她仍肩負導演助理的工作。

瞥見一道門打開，美千代望去，一道黑色人影恰恰走進來。雖然沒看清長相，但從身形判斷，她立刻察覺是誰，胸口一陣憂鬱。

修長的影子逐漸接近，美千代移步迎上前。當下，她已十分肯定，對方是她最不想見到的訪客。

「抱歉，百忙中打擾。」對方輕聲道。

「還有什麼事？」美千代問。她壓低音量，也壓抑著不耐的情緒。

「查出非請教妳不可的疑點。現在方便嗎？」

「你也看見，正在進行最後一次彩排。馬上就要公演了。」她的目光落在手表上。可惜光線昏暗，難以判讀時刻。

「只要妳肯回答我的問題，不會耽誤太久。」

美千代故意重重嘆口氣，回望眞田。只見他目不轉睛地凝視舞台，似乎沒發現美千代在和一名高大的男人交談。眞田原本就是不需要助理的導演。

「沒辦法，那就出去一下。」

「不好意思。」男人微微低頭致意。

美千代和男人一起走出表演廳，穿過走廊，打開休息室的門。一個幫忙處理行政事務的女工讀生，正在整理公關票。

「抱歉，能不能請妳到別處整理？像是櫃檯之類的。」

「啊，好的。」

年輕的工讀生收拾攤放在桌上的票，離開休息室。

男人開口：

「給妳添這麼多麻煩，不好意思。」

美千代沒回應，只問：

「要不要喝咖啡？雖然是自動販賣機的即溶咖啡。」

「不，不用。」

「嗯。」

美千代打開牆上的監視螢幕，在折疊椅坐下。螢幕映出舞台的影像，從另外裝設的擴音器傳來眞田的話聲。他依舊怒氣沖沖，似乎對男舞者的力道不夠感到不滿。

隔著桌子，男人與美千代面對面坐著。他望向監視螢幕。

「原來如此，在這裡也能看見舞台。正式演出時，這個螢幕……」

「會同步播放。」

「哦，那休息室不就形同觀眾席？」

美千代從皮包拿出香菸和打火機，拉近桌上的菸灰缸。

「芭蕾舞不看現場便失去意義。」

「是嗎？」

「運用人體的藝術皆如此，體育競賽想必也一樣吧。不過，只限一流的作品。」

「換句話說，《阿拉伯之夜》是一流的作品？」

男人盯著牆上的海報。那是弓削芭蕾舞團的《阿拉伯之夜》宣傳海報。首演日是今天。

「當然。」她點燃香菸，吐口煙後頷首。

「我們只表演有自信稱得上一流的作品。其中《阿拉伯之夜》是頂尖力作。」

「沒有爐火純青的技術與天生的表演力無法詮釋這個高難度角色，她表現得完美無瑕，恐怕超乎導演的想像。目前有能力跳這個角色的芭蕾舞者，除她之外不做第二人想……」男人突然念了一段話，露出微笑。

「這是十五年前的報導。」

「你調查過？眞是好管閒事。」

「之前提過，我對芭蕾稍有涉獵。」

「我以爲是玩笑話。」

「雖然我也會開玩笑，不過這是千眞萬確的。」男人觀察她的表情。

「十五年前女主角的照片也刊在報紙上。那是位高貴、美麗，散發些許危險氣息的布魯莎公主。」

美千代迴避對方的目光。在她心中，那是個美好的回憶，不想在此刻談起。

「你想問什麼?」

「抱歉，忘記妳在忙。」男人往上衣口袋摸索。

男人姓加賀，是練馬警署的刑警，正在調查幾天前發生的某起案件。今天是美千代第四次和加賀碰面。

加賀拿出記事本。

「首先，我想重新確認妳在案發當晚的行蹤。」

美千代毫不掩飾心中的不耐，緩緩搖頭。

「又要?你不嫌煩啊。」

「別這麼說。」加賀堆起幾乎可以用「爽朗」形容的笑。

「那天下午六點左右，妳來到舞團辦公室，與眞田導演吃過晚餐，約莫九點回家，之後待在屋內，直到第二天早晨八點出門上班。先前請教時，妳是這麼回答的。有沒有想修正的地方?」

「沒有，一切如你所述。附帶一提，當天回家後，我沒和任何人見面，也沒和任何人通話。因此，沒人能證明我整晚都在家。」
「意思是，妳的供詞不變？」
「沒錯，我提不出不在場證明。不過，我完全無法理解，爲何我得提出不在場證明？」
「我沒這麼說。只是如果妳能以某種形式明確交代當晚的行蹤，我們比較好辦事。」
「我就是不明白這一點。警方這種類似刑事調查的舉動，實在不可理喻。搞得好像在偵辦殺人案件。」
聽見她的話，加賀微微挑眉。
「不是『好像』，這極可能是一樁凶殺案。」
「怎麼會……」美千代臉色驟變，沒好氣地回答。
她再次盯著刑警，低聲問：「騙人的吧？」
「我專門負責凶殺案。」加賀語畢，咧嘴露出白牙淺笑。

2

五天前的早上，早川弘子的屍體被尋獲。管理員發現她頭破血流，陳屍在住家一樓的植栽區。

據警方調查，死者是從七樓住處的陽台墜落。雖然墜樓處覆有植栽，實際上泥土地僅占一小部分，周圍全是水泥地。因此，推定頭部強烈撞擊水泥地。不過，警方研判，即使幸運落在泥土地，存活率也幾乎等於零。

寺西美千代和弘子住同一棟大樓。當天早晨美千代出門時，由於植栽區不顯眼，加上離管理員灑水還有好一段時間，尚未引起騷動。上午十點過後，美千代才從與刑警的通話中，得知發現弘子遺體的消息。然而，這通電話並非警方主動打來，而是美千代打到弘子住處。當時，刑警已進入弘子住處搜查。

下午，一群刑警造訪舞團辦公室。加賀是其中一人。

早川弘子也任職於弓削芭蕾舞團。約莫一年前，她還是隸屬舞團的舞者，膝蓋受傷無法再跳後，便決定退休。弘子得年三十八歲。她嬌小纖瘦，天生就是舞者的體型，和美千代一樣是單身。

死亡前一週，弘子剛搬進來，屋裡堆滿尚未開封整理的紙箱。

刑警首先就注意到美千代住在同一棟大樓，想了解是否偶然。

「不是偶然。她先前有事到我家時，看見貼在牆上的租屋廣告。不過，她沒特別找我商量。得知她突然搬來，我嚇一大跳。」

接著，刑警對兩人住處的相對位置產生興趣。美千代的住處位在弘子家斜上方。美千代走出陽台，便能俯視弘子家的陽台。

刑警詢問是否曾看見什麼或聽到任何聲響，美千代搖搖頭。

「那棟大樓的隔音設備相當好，幾乎聽不到外面的聲響，而且我很少走出陽台。」

對於她的回答，刑警沒特別的疑慮。

刑警也就弘子可能的死因詢問眾人，不論辦公室職員或芭蕾舞團員都毫無頭緒。幾個和弘子交情好的同事說：「她最近總是喜形於色，似乎頗為開心。」

當時加賀不多話，只針對弘子的衣著提出質疑。

弘子一身運動服，腳上卻是針織襪套搭芭蕾舞鞋，加賀徵詢大家對此的看法。

即使是美千代他們，也感到有些不尋常。就連現役舞者，都不會在家中穿芭蕾舞鞋。

不過，美千代告訴刑警：

「若弘子是自殺，我能理解她想穿舞鞋赴死的心情。在芭蕾舞者心中，舞鞋等同人生的象徵。我也常開玩笑，希望死後他們能幫我把舞鞋放進棺木。」

在場的現役舞者紛紛表示贊同。

當下，加賀並未繼續深究。

3

「記得妳住八樓？曾走出陽台嗎？」加賀問。

「自然不只一次。」美千代回答：「不過，不是經常。所以那天晚上，我沒能及時目擊下方陽台的情景。這一點我不知已重複幾遍。」

媒體報導，早川弘子是在前一天夜裡墜樓身亡，應是警方依據解剖結果的推論。加賀彷彿爲了替警方的推論背書，隨即上門詢問美千代當晚的不在場證明。那時，她的回答與剛才一模一樣。

「妳從陽台往下看過嗎？我指的是早川小姐墜落的地方。」

「這個嘛……」美千代微微偏頭，「或許看過吧，我記不得了。最近倒是沒有，怎麼？」

「其實，我曾試著從早川小姐住處的陽台窺望正下方，發現她墜落的地方十分狹窄。不僅夾在建築物和牆壁之間，還覆有植栽，幾乎看不到水泥地。假如東西掉下去，恰恰落在水泥地的機率恐怕非常低。當然，這是眼睛的錯覺，實際到現場勘查，水泥地意外寬闊，只不過從樓上看起來狹窄罷了。這不是我一個人的想法，其他刑警也有相同感受。」

「所以呢？」

「企圖自殺者的心理狀態雖說複雜，有些部分卻很單純。以跳樓自殺為例，俯視時的感受會影響情緒。企圖自殺者最擔心的情況，就是無法順利求死。從七樓的高度往下跳，不論落點為何，一定會當場死亡，但直接撞擊水泥地面總是比較保險。可以想見，從墜樓現場的陽台向下看時，映入眼簾的景象會軟化求死的決心。」

「光憑這一點，就否定自殺的可能性嗎？」

「不，這無法成為證據，純粹是一種直覺。若要提出證據，房門沒上鎖、設定電視節目的預約錄影等事實更有力。」

「預約錄影？」

「是的，早川小姐打算錄隔天早上的ＮＨＫ節目《芭蕾舞入門》。曾造訪早川小姐住處的人證實，案發前一天，屋裡根本沒裝設錄放影機。換句換說，為了錄下這個節目，她才匆忙裝設。企圖自殺的人會有這樣的舉動嗎？」

錄放影機啊——

美千代的腦海浮現早川弘子屋內的情景。電視放在客廳一隅，那錄放影機呢？她毫無印象，所以壓根沒考慮到早川弘子會預約錄影。

「我有時也會不小心忘記鎖門。假如是衝動自殺，恐怕早把預約錄影的事拋到腦後。」美千代回應：「冒出自殺念頭時，根本顧不得解除設定吧。」

「也對。」加賀微微一笑，「不過，爲何她會忽然萌生自殺的念頭？完成預約錄影後，遇到什麼狀況？」

「這我就不清楚了……」美千代搖搖頭。

「先前曾請教妳可能導致早川小姐自殺的原因。妳的推測是，早川小姐引退後，由於無法跳舞，逐漸喪失生存目標，才會走上絕路。」

「我的看法沒變。」

「可是，經過調查，發現與妳的說法矛盾的事證。早川小姐似乎已找到新的人生目標。」

「新的人生目標？」

「就是開設芭蕾教室。」加賀放在桌上的雙手交握，略略傾身向前，「早川小姐老家在埼玉縣的志木，有跡象顯示，她最近在物色適合當芭蕾教室的場地。她曾向親友透露，想教孩童跳芭蕾舞。之所以遷居練馬，也是基於這層考量吧。因爲從練馬到志木的交通很便利。」

美千代舔舔乾燥的嘴唇。

「原來她想開芭蕾舞教室……」

「妳不曉得嗎？」

「第一次聽說。」

這不是謊言。她雖隱約察覺早川弘子另有打算，卻沒料到是開芭蕾教室。

「我明白了。目前爲止，還沒找到自殺的關鍵證據吧。反過來問，他殺的機率有多高？我覺得是微乎其微。」

「哦，是嗎？」

「要把活生生的人推下陽台吧？那不就得費很大的力氣？況且，對方一定會拚命抵抗，幾乎不可能成功。難不成讓早川小姐服用安眠藥？果眞如此，凶手或許是強壯的男人。」

「根據解剖結果，早川小姐沒有服用安眠藥的跡象。」

「那就能夠斷言，這個推測不成立。」美千代點點頭。

「關於行凶手法，我們已有頭緒。不過，暫且不談這一點。首先必須釐清，案發當晚進入早川小姐住處的究竟是誰。不論採取哪種手法，凶手都得進入早川小姐的住處，才能推她下樓。所幸早川小姐剛搬家，進出她住處的人有限。即使只調查掉落在現場的毛髮，也能獲得不少線索。」

聽加賀提起毛髮，美千代不由得撫上自己的髮絲。近來總是必須費工夫染整白髮。

「那麼，我肯定是頭號嫌犯吧。打從她搬來，我不知去過她家幾次。」

「這些狀況當然會納入考量。不僅是毛髮，像衣服的纖維或毛屑等微小遺留物，都會加以檢查。此外，除了嫌犯留下的物證，也會追查嫌犯拿走的東西。」

「拿走的東西？」

「說『拿走的東西』恐怕不容易了解。比較適切的說法是，犯人無意間沾附在身上帶離的東西。」

「我還是不太懂。」

「例如，」加賀盤起雙臂，「早川小姐似乎也對園藝感興趣，她的陽台上鋪著木頭棧板，角落放著空花盆。妳記得嗎？」

美千代思索片刻後回答，「這麼一提，確實有個空花盆。」

「調查結果發現，花盆有人觸碰過的痕跡，而且應該是戴手套搬動。當然，不排除是早川小姐本人，但對警方而言，即使是這種小事仍有必要釐清。」

「你們打算怎麼釐清？」

「雖然花盆是空的，也可能沾附微量泥土或農藥，抬起時不免會附著在手套上。這麼一來，便得動用祕密武器。」

「祕密武器？」

「就是警犬。」加賀豎起食指，「先讓牠記住農藥的味道，再派牠去搜尋手套。倘若屋內找不到手套，便能推斷是早川小姐以外的人移動花盆。順利的話，甚至能查出對方如何離開。」

聽著刑警的解釋，美千代忽然想起某個電視節目。那是拍攝憑靈敏嗅覺尋獲毒品的緝私犬活躍身影的紀錄片，忠實呈現出緝私犬是多麼優秀。

美千代嘆口氣，淺淺一笑。

「眞是有趣的試驗。不過，採取這種方式，只會加重我的嫌疑。到時警犬肯定會在我家前狂吠吧。」

「怎麼說？」

「我碰過那個花盆。她搬家當天，我去幫忙，打掃陽台時曾抬起花盆。」

「妳戴著手套嗎？」

「是的，否則手會變得粗糙。」

「妳確定嗎？」

「嗯。」美千代自信滿滿地點頭。

加賀沉默不語，抬頭仰望天花板。

「眞遺憾，看來用不著出動警犬了。」

「的確。」加賀搔搔頭。

「我不明白，警方怎麼會認爲是他殺？他殺不是要有動機嗎？難道警方發現什麼線索？」

「眞正的動機，只有凶手才清楚。不過，我們找到若干事證，推測與動機有關。」

「請務必告訴我，我很感興趣。」

加賀流露些許猶豫的神色，手伸進外套內袋。

「妳記得這份文件嗎？」

他掏出一張折疊的紙，攤開後約Ａ４大小，寫著密密麻麻的文字和記號。

美千代快速掃過一眼，頷首道：

「嗯，記得，上次你拿給我看過，但這只是其中一部分吧。」

「沒錯。嚴格地說，這是其中一部分的影本。因爲那份文件是重要的證物，不能隨意帶出。」

上次加賀帶來一冊很厚的檔案，收著記載樂譜和舞蹈動作的原稿影本。那正是預訂今晚公演的《阿拉伯之夜》劇本。

加賀表示，檔案是在早川弘子住處找到的。她大部分的物品都放在紙箱中，唯獨取出這份檔案，並藏在床底下。

檔案內容的疑點不少。首先，這些是手寫稿的影本。現今芭蕾舞團使用的樂譜或原稿，已全面採電腦排版印刷，爲何要刻意手寫？而且原稿的下落也成謎。最關鍵的問題是，早川弘子爲何要小心翼翼地保存此一影本？

面對加賀一連串的質疑，美千代一概以「不知道」回應。除此之外，她想不到更合適的話語。

「之後，經過多方調查，我已大致掌握隱藏在那份檔案中的眞相。」

「是什麼？」

「說明前，我想確認一件事。《阿拉伯之夜》是弓削芭蕾舞團的原創作品吧？」

「沒錯。」

「負責執筆與編舞的寺西智也，是妳當時的丈夫，作曲者則是新川祐二。兩名摯交於十七年前共同創作。十五年前的首演，由妳擔綱演出女主角布魯莎公主。那次的演出成爲妳的告別舞台。我有沒有理解錯誤的地方？」

「沒有。」

「這麼一來，剛才提到的那份檔案便會產生一個矛盾。因爲從筆跡研判，編舞的手稿出自松井要太郎。妳認識松井先生吧？」

「……認識。」

「松井先生曾是弓削芭蕾舞團的指導老師，專精編舞，和音樂家新川是舊識。然而，松井先生二十年前病逝。這就是矛盾之處，早在二十年前去世的人，怎會在三年後親筆完成作品？」

美千代沉默不語。雖然她心中有底，卻猶豫著是否該回答。不管怎樣，刑警的推理已近尾聲。

「遺憾的是，新川先生五年前死於一場意外，而妳丈夫去年胃癌病故，無法得知眞相。不過，可以想見，實際上《阿拉伯之夜》是新川和松井的共同創作。由於編舞的松井先生亡故，便以寺西智也的名義發表——這並非無稽之談。」

「你的意思是，我丈夫……寺西智也冒名剽竊？」

「不，我純粹是在陳述推論。」

「還不都一樣？哦，原來如此。我知道你想說什麼了。」美千代點點頭，「早川小姐偶然發現松井先生的原稿，做出和你相同的推論，以此威脅我。爲了替丈夫保密，我下手除掉她。對吧？」

然而，加賀沒回答，微微偏頭，彷彿在自言自語：

「調查早川小姐的銀行帳戶後，發現一筆來路不明的一千萬圓，想必其中有隱情。」

「你認爲那筆錢是我支付的？」

「既然有金錢匯入，表示她或許曾賣東西給某人。之所以如此判斷，主要是那份檔案裡的文件是影本。搞不好早川小姐擁有原稿，並以一千萬的代價賣給某人。這種情況不無可能。」

「倘若這個交易完成，問題不就解決了？我沒有殺害她的動機。」

「妳以爲事情已解決，豈料早川小姐還留有一手，證據就在那份檔案中。她交出原稿，卻保留影本。即使是影本，仍足以再跟妳進行交易。『交易』一詞，也可用妳剛剛提到的『威脅』代換。」

加賀語氣平淡，氣氛反倒益發緊綳。美千代有種快窒息的感覺。

## 4

美千代思索著如何回應，望向監視器爭取時間。舞台上仍在彩排，從舞者的裝扮可知，目前已是第三幕，布魯莎公主正在跳舞。雖然和成爲國王的阿爾重逢，阿爾卻中了神燈精靈的魔法，認不出布魯莎眞實的模樣。於是，布魯莎只能藉舞姿喚醒情人。

看著螢幕，美千代忽然站起。

「抱歉，失陪一下。」向加賀打過招呼，美千代隨即離開休息室，小跑步奔向表演廳。

她進入表演廳，快步通過走道，來到蹺著腿坐鎮中央的眞田身旁。

「眞田先生，這是怎麼回事？」

一臉落腮鬍的眞田不疾不徐地轉頭看她。

「妳哪裡不滿意？」

「布魯莎的舞啊。爲什麼要改成那樣？」

「我只是想呈現最完美的舞台。」

「這就是成果嗎？眞田先生，你到底明白不明白，這是布魯莎爲了喚醒情人而跳的舞，也是她展現公主的高貴氣度，彰顯自己絕非女奴的場面。現在是怎麼搞的？看起來像大跳豔舞、以色誘人。」

眞田抬起頭，搔搔覆滿鬍鬚的下巴。

「不是『像』，她的確是在用美色蠱惑阿爾的心。」

美千代不禁瞪大眼。

「眞田先生，你是認眞的嗎？」

「當然。」

「我實在不敢相信。」

「美千代，妳會怎麼引誘男人？強調高雅的氣質，還是聰明才智？阿爾和布魯莎原本是一對情侶，妳認爲男人會記得前女友的哪一點？」

「請別說下流的話。」

「讓觀眾聯想到性很低俗嗎？我們這次可不打算表演聖誕夜闔家觀賞的《胡桃鉗》。」

美千代沉著臉，搖頭道：

「何時更動的？」

「兩天前。不過，這個改編版始終在我腦中徘徊不去，實在難以釋懷。我很慶幸毅然做變更。如此一來，故事總算變得緊湊完整。」

「拜託，恢復原狀。」

「我拒絕。話說回來，什麼是『原狀』？」

「當年我跳的《阿拉伯之夜》啊！十五年前的《阿拉伯之夜》。」

「那是妳的《阿拉伯之夜》。別忘了，今天舞台上表演的是我的《阿拉伯之夜》。」

「團長不會同意的。」

「我早就得到團長的許可。」

「怎麼會……」

「要是妳覺得我撒謊，儘管去確認。」眞田抓起麥克風，在按下開關前丟出一句，「不好意思，牢騷能不能以後再發？總之，一切已拍板定案。」

美千代有種平交道柵欄在眼前落下的錯覺。她後退幾步，轉身走向門口。舞台上重新開始彩排，眞田扯著嗓門糾正舞者，但她無心細聽。

踏出表演廳，美千代癱靠牆邊，長嘆口氣，彷彿已筋疲力竭。

「妳不要緊吧？」傳來一聲關切，只見加賀擔憂地站在一旁。

「啊，你……還在這裡？」

「因爲妳突然離開……」

「哦，也對。抱歉。」美千代邁步向前，不禁在意起刑警是否聽到她和眞田的爭論。不過，她馬上打消念頭，有沒有聽見都無所謂。

回到休息室，監視螢幕上仍播放著舞台上的動態。她關掉監視器螢幕及音響。室內恢復安靜後，她往椅子坐下。

「芭蕾舞者無法再跳就完蛋了，人生一無所有。」

「這樣啊。」刑警坐回原位，「不過，妳現在找到另一種生存之道。」

「那只是在自欺欺人，十五年前一切便已結束。」美千代拿起先前扔在桌上的菸盒。點菸前，她忽然想到似地開口，「噢，對了，你還沒問完。嗯，是問什麼……？」

「早川小姐可能恐嚇妳。」

「哦，我記起來了。」美千代含著香菸，點火後深吸一口，吐出細細的白煙，「加賀刑警，或許你比其他男人了解芭蕾，但你不懂芭蕾的本質。對我們舞者而言，劇作者是誰不重要，關鍵是本身的詮釋方法。或者說，如何引導舞者詮釋作品。你似乎認爲，寺西智也藉由創作《阿拉伯之夜》獲得名譽，其實那根本無關緊要。之所以用寺西的名義發表，全是爲了向大眾推銷。作曲家新川也知情，並且同意。」

室內一陣沉默，唯有美千代吐出的煙繚繞空中。

「我明白了。非常有參考價值。」加賀收起記事本。

「結束了嗎？」

「嗯，就這些問題。」

「好像讓你失望了。」

美千代亟欲喘口氣，放鬆心情。不過，她壓抑情緒，表現得若無其事。

「怎麼說？」

「其實，你期待聽到我自白『早川小姐是我殺的』吧？很遺憾，凶手不是我。」

刑警嘴角浮現曖昧的微笑，沒回應她的質問，反倒提出一個要求。

「有件事想拜託妳。」

「什麼事？」

「希望妳能讓我看一樣東西。現在方便去妳的住處嗎？」

「現在？」美千代皺起眉，「你是認眞的嗎？今天是公演首日啊。」

「離開演還有點時間，我會及時送妳回來。」

「身爲事務局長，不是趕得上開演就行。」

「不過，我這邊也很緊急。」

「不能等公演結束嗎？」

「麻煩妳。」加賀低頭懇求，「如果妳不聽從，我只好向法院申請搜索令。不過，我不希望這麼大費周章。」

聽到「搜索令」一詞，美千代一陣忐忑。這個男人有何目的？

「到底要看什麼？」

「我們在車上慢慢談。」

美千代嘆口氣，瞥向手表，離開演還有一段時間。

「帶你去看就行了嗎？看完就會放我回來吧？」

「是的。」刑警頷首。

於是，美千代拎著皮包站起。

「請保證今後不會再糾纏我。這是最後一次。」

「我也希望如此。」加賀回答。

美千代向副局長打過招呼後，離開會場。副局長有些訝異。

座。

加賀已備好車。那是輛普通轎車，而非警車，看來是由加賀駕駛。美千代坐上副駕駛座。

「快去快回。」

「我明白。今天路況還好，不怎麼塞車，所以不用擔心。」

加賀開車方式謹慎穩當又紳士。不過，他似乎也在趕時間。

「關於行凶手法……」加賀冷不防開口。

「什麼？」

「早川小姐若是遭到殺害，凶手究竟是採取何種手法？」加賀直視前方解釋，「就像妳說的，把人推落陽台並不容易。尤其對女性而言，更是難上加難。」

「我認爲根本不可能。」

「嗯，幾乎不可能。不過，情況不同就另當別論。」

聽到刑警的話，美千代忍不住瞄向駕駛座。只見刑警仍注視著前方。

「我剛剛提過，早川小姐打算開設芭蕾舞蹈教室，忙著籌措資金。然而，她必須準備的不止資金。」

「你想表達什麼？」

「光有資金無法成立學校，還得僱用老師。經過調查，早川小姐曾詢問數名弖削芭蕾舞團的舞者，是否願意兼職教導孩童。」

「這種事情……我現在才知道。」

這眞的是初次耳聞，美千代腦海浮現數名可能感興趣的舞者。全是自認無法成爲頂尖舞者的團員。

「不過，」加賀繼續道，「早川小姐心知不能全靠兼職的老師，自己也要能教學。可是，她已一年沒接觸芭蕾。對舞者而言，一整年的空白是難以挽回的，即使像我這樣門外漢都明瞭。首先要恢復體能，於是早川小姐決定從基礎練起，每天按部就班。相信很多人目擊早川小姐出現在早晨的練習室，就是這個緣故。」

美千代沉默不語。她有預感加賀接下來要談的內容，會往不好的方向發展。

「然而，這樣的練習量不夠，早川小姐思索著能否在家練習。新住處來不及收拾整理，挪不出練習空間，於是她決定……」

前方的交通號誌變成紅燈，加賀停下車子。美千代察覺加賀轉頭望著她，可是她沒勇氣面對加賀。

「不，早在搬家前，早川小姐就決定要利用陽台練習，才會訂購木頭棧板。她擔心硬梆梆的水泥地容易受傷。我把這個訊息告訴我們課長，他也不以爲意，還反問我，怎麼可能在那麼狹窄的陽台練習芭蕾舞？當然沒問題。妳應該知道吧？」

「你指的是扶把練習吧？」

「沒錯。芭蕾舞練習室的牆上，一定裝有把桿。書上強調，每次得握著把桿練習三十分鐘以上。一開始是伸展肌肉、關節和阿基里斯腱的彎曲（plie）練習。」

「你還眞是用功。」美千代語帶諷刺，內心卻惴惴不安。

「陽台上裝有扶手，早川小姐是當成把桿用吧。部分扶手上留下摩擦的痕跡，大概是早川小姐每天觸摸所致。換句話說……」

號誌轉成綠燈。加賀放開煞車踏板，改踩油門，車子平順前行。

「換句話說，」他重複一遍，「早川小姐是在攀著扶手練習時墜樓的，才會穿芭蕾舞鞋。在這種季節不僅穿襪套，還一身厚重的衣服，約莫是想避免吹夜風受涼。」

「看來你已解開她怪異打扮的謎團。儘管如此，也不能否定自殺的推論。搞不好，她是在練習中，一時衝動萌生死意。」

「不無可能。不過，我們認爲還有其他的情況。」

「其他情況？」

「練習固然要緊，伸展運動同樣重要。練習完做伸展運動是常識。傳統上，會進行單腳抬跨在把桿上的伸展運動。這麼一提，我看過舞者做這種伸展運動不止一次。」

美千代暗暗深呼吸，心跳逐漸加快。

加賀的話聲迴盪在狹窄的車內。

「理所當然，在陽台練習的早川小姐，結束後也會做伸展運動。意即，她應該會單腳放上扶手。問題是，比起練習室的把桿，陽台扶手的高度超出太多。爲了保持身體平衡而輕抓，扶手稍高並無大礙，但若是抬腿，扶手過高則舉放不易。因此，她準備一個小檯子。她站上檯子，抬腿放上扶手，進行伸展運動。」

「聽你的描述，好像曾親眼目睹。」美千代的臉頰略顯僵硬。她小心不發出顫抖的話聲。

「她利用閒置在陽台上的空花盆當檯子。只要將花盆倒放，高度便恰恰好。我們翻過花盆，發現底下有好幾個圓形痕跡。經鑑識證實，是芭蕾舞鞋留下的印痕。」

車子駛入美千代熟悉的街道，住家大樓就在不遠處。她告訴自己一定得沉住氣，不要緊，縱使疑點重重，沒證據警方也莫可奈何。

「說這麼多，妳明白我的意思吧。早川小姐站在檯子上，單腿放上陽台扶手的姿勢，非常不安定。若有人站在旁邊，抬起早川小姐的另一條腿，她就會翻越陽台，墜落地面。」

「你想指控我以這種手段行凶嗎？」

「我們只想找到凶手。」加賀冷靜得教人不甘心。「根據我們的推論，凶手沒多停留便倉皇逃逸，臨走前卻移動了那個花盆檯子，大概是是擔心擱在原地，警方會識破犯案手法。於是，凶手將花盆挪到陽台一隅，布置得彷彿和芭蕾舞毫無瓜葛。所以，當務之急是找到移動花盆的人。」

美千代恍然大悟，這就是刑警提及花盆的用意。佯裝順口聊起，其實是想確認美千代是否觸碰過花盆。

「剛剛也告訴你，幫她搬家時，我的確摸過那個花盆。」

「我知道，妳戴著手套。」

「是的。」

「那麼，」加賀減速，美千代住的大樓就在旁邊。「能不能讓我瞧瞧當時的手套。」

## 5

加賀在門外等候。美千代進屋打開衣櫥，取出手套，湊近一聞。她想確定是否沾染農藥，卻什麼都沒瞧見。不過，如加賀所言，或許不是肉眼所能看到的。

她拿著手套走出房間，發現除了加賀，門口還有個年輕男子。

「這是我當時戴的手套。」

加賀沒接過手套，反而說：

「不好意思，我們接著要去早川小姐的住處。」

「去她的住處？爲什麼？」

「有樣東西想請妳確認一下，很快就會結束。」

「那麼，這副手套……」她遞出手套。

「麻煩妳拿著。」

話尾一落，加賀便邁開腳步。不得已，美千代隨年輕刑警追上加賀。

他們搭電梯下到早川弘子家。不知爲何，大門敞開。加賀沒敲門就走進去。美千代尾隨在後。

屋裡有三個男人，似乎全是刑警，眼神並不友善。他們銳利的眼神並未投向美千代，像是在刻意迴避。

「請過來。」站在客廳的加賀朝美千代招手。

「究竟要確認什麼？」美千代環顧四周，問道。屋內依舊堆放著紙箱。

「請看那邊。」加賀指向陽台，「那是妳碰過的花盆嗎？」

陽台角落有個花盆。

「是的。」美千代點點頭。

「我明白了。能不能瞧瞧妳當時戴的手套？」

美千代遞出手套，加賀便問，「方便交給我們保管嗎？」

「沒關係。」她回答。

剛才那名年輕刑警從旁出現，接下手套，放進塑膠袋。美千代不安地緊盯刑警的舉動。

加賀拉開面向陽台的落地窗。

「可否過來一下？」

「你想做什麼？我講過很多遍，就快要開演了。」

「不會耽誤太多時間，總之請先過來。」

美千代聳聳肩，長嘆一聲走近。

加賀踏出陽台，對美千代說：「請妳也出來。」

美千代望向腳邊，發現備有一雙拖鞋。於是，她套上拖鞋走到陽台。

「我再問一次。」加賀重複道：「那確實是早川小姐搬家當天，妳挪動的花盆嗎？」

「你眞的很囉唆，我不就說是那個花盆？」

「很好。」

加賀點點頭，背著雙手佇立。暮色在他身後蔓延。

「調查那份檔案後，又發現一件不可思議的事情，其中竟然出現即將上演的《阿拉伯之夜》沒有的編舞圖譜，想必是寺西智也以自己名義發表作品時刪除的部分。我已將遭刪除的部分拿給芭蕾專家審閱。」

「你究竟想說什麼？」

加賀語氣平淡地繼續道：

「遭刪除的部分，包含激烈的跳躍動作。不僅需要爐火純青的技術，也需要過人的體力。以當時妳的體力，是否能夠承擔？據相關人士證實，由於長年勞損，妳的膝蓋和腰部已瀕臨極限。從以上的事證，我不得不做出一個推論。妳決定以《阿拉伯之夜》告別舞台，於是拜託丈夫把需要高難度舞技的部分刪除。締造多次光榮紀錄的妳，絕不能讓任何人知道此一祕密。不料，竟然有人發現這件事情。那個人就是早川弘子。」

聽著加賀的敘述，美千代不停搖頭，甚至想捂住耳朵。

「胡扯，你不要亂講。」

「是嗎？除此以外，找不到別的動機。」

「無聊，我要回劇場。」

「從妳家的陽台，」加賀抬頭注視著斜上方，「能清楚看見這裡吧。」

「所以呢？」

「意思是，妳極有可能看見早川小姐在陽台上做把桿練習。每天觀察，便能掌握她練習的程度，和進行伸展運動的時間點。」

「那又怎樣？」

「看準早川小姐差不多要進行伸展運動，妳走到她家按門鈴。然後，她便中斷練習來應門吧？妳大概是告訴她，有點事想商量。此時，早川小姐會怎麼辦？她應該會請妳稍等，繼續做完伸展運動。對舞者而言，伸展運動不確實是導致受傷的元凶。於是，她在妳的注視下，再度拉筋伸展。接下來發生的經過，就如同我剛剛在車上所述。」加賀探頭俯視扶手下方。

「早川小姐單腿放上扶手後，妳迅雷不及掩耳地靠近她，抬起支撐身體的另一腿。她恐怕連喊救命的時間都沒有就墜落地面。墜樓僅需兩秒鐘，可以想像她根本來不及發出哀號。」

美千代心跳劇烈，幾乎難以承受。冷汗沁濕腋下，手腳發涼。

霎時——

抓住早川弘子腳踝的感覺悄然復甦。襪套的觸感，還有弘子墜樓前那一瞬間茫然的神情。

「這些都是憑空想像，」美千代勉強擠出話，「根本沒有證據。」

「那可不一定。」

「隨你們怎麼想，我都無所謂。反正我不是凶手。」

「剛剛也提到，凶手把早川小姐推下樓後，移動過花盆。就是放在那裡的花盆。」

「所以，你們才會鎖定碰過花盆的人吧？那很好啊。不過，我只有在她搬家時碰過，之後就不曾進來。」美千代略略提高聲調。

加賀雙臂交抱，長嘆一聲。

「寺西太太，妳撒謊。」

「你憑什麼認定我撒謊？我眞的……」

美千代突然住嘴，只見刑警搖搖頭，一臉哀戚。

「這是不可能的。」

「怎麼說……」

「這個花盆，」加賀指向陽台一隅，「幾乎是全新的，連售價標籤都還貼在上面。根據調查，早川小姐是在當天傍晚，也就是墜樓前不久買的。」

「怎麼會……」

美千代感到血液彷彿逆流，身體瞬間變得滾燙。

「屋內找到一個舊木箱。早川小姐原本大概是使用那個舊木箱當檯子，也許不太好用，便前往居家用品賣場物色適合的代替品，找到這個花盆。意即，早川小姐搬家時，這個花盆並不存在，然而，妳卻聲稱碰過花盆，爲什麼？是不是聽到要派警犬搜索，突發奇想，認爲與其讓警方發現妳曾移動花盆，不如先坦承，反倒不會引起懷疑？」

加賀語氣平和，但一言一語都像針般刺痛美千代的心。回想這個刑警說過的每一句話，全是爲了誘導她掉進預設的陷阱。

「你的目的，」美千代顫聲道：「是要誘使我承認碰過花盆吧。當我脫口而出，你便贏了這場遊戲。」

「妳的犯案手法實在高明。既不玩弄心計故布疑陣，又竭盡所能減少謊言。縱然警方發現涉嫌重大的疑犯，找不到關鍵證據，就無法出手。受限於此，爲了逼妳露餡，必須讓妳再撒一個謊。」

美千代點點頭。不知爲何，渾身頓時失去力氣。

她望著加賀，放鬆緊繃的嘴角，自然地微笑。

「加賀刑警，你也騙了我。」

「咦？」

「你不是答應，一定會在開演前送我回去嗎？其實你根本沒這個打算，對不對？」

加賀皺起眉，撥開前額的頭髮。

「抱歉。」


再一個謊言

「看來，我該前往的是另一個地方。」

美千代剛要轉身進屋，加賀忽然開口：

「妳的動機呢？果然是不想讓大眾知道，十五年前變更過演出內容？」

美千代回過身，搖搖頭，「不是。」

「那爲什麼……」

「我想隱瞞的是，曾一度屈服於弘子恐嚇的事實。那形同承認十五年前的表演是贗品。早知如此，當時我的態度應該更堅定。」

「爲了圓謊，就得編更大的謊言。」

「人生也是。」

美千代眺望遠方天際，夕陽早已西沉。

她的眼前，浮現曲終幕落的景象。

# 冰冷的灼熱

# 1

八月一日下午兩點四十分——

木嶋宏美買菜返家途中，經過田沼家門前。

一輛白色小轎車倒退進車棚。宏美察覺駕駛座上是田沼美枝子，於是停下腳步。

不久，美枝子熄火下車。她穿鮮紅T恤搭灰褲裙，裙襬下的雙腿白皙修長。

美枝子注意到宏美，微微睜大眼。

「上次謝謝妳。」宏美開口。

「咦……」美枝子一臉茫然。

「就是垃圾袋的事啦。」

美枝子一時反應不過來，數秒後才想起。

「哦，沒什麼大不了的。」美枝子微笑道。

「還好有妳幫忙，實在是麻煩妳了。眞是的，到底是哪來的野貓弄破的？」

日前，木嶋宏美早上出去倒垃圾，袋子卻在回收車到達前破掉，打算返家拿新塑膠袋時，田沼美枝子恰巧走出家門，便幫忙以膠帶貼補。

「妳開車去購物嗎？」宏美望著車棚問。只見小轎車引擎蓋下方，不停滴著冷氣排出的水。

「不，我只是外出一下。」

「有車眞方便，尤其是今天這種天氣。」宏美朝臉頰猛搧風。木嶋家雖有車，但宏美的丈夫開去上班了。

宏美原想多聊一會，不過美枝子似乎另有要事，顯得頗焦躁，不時瞟著玄關和車子。

「那我先走了。」宏美點頭告辭後，邁步離開。額頭的汗水差點流進雙眼，買給念小學的兒子喝的一．五公升瓶裝烏龍茶實在太重，加上五公斤的米，超市的塑膠購物袋深深嵌進手中。

下午三點十分——

中井利子順著慣常的路徑回收舊報紙。烈日下，光看著柏油路面雙眼就刺痛。縱使帶著寬邊白帽子，腦袋還是熱得發燙。

她在掛著「田沼」門牌的住宅前停下，記得這家人只訂早報。

中井利子按下裝設在小門柱上的對講機。這家的太太相當年輕，因爲孩子年幼，不方便外出工作，幾乎都待在家裡。此時車子也停在車棚。

然而，出乎中井利子的預料，不管等多久都沒人應門。她不死心，又按一次門鈴，依舊毫無回應。

雖然在燠熱的氣溫下無功而返，令人失望，不過也莫可奈何。於是，她把裝舊報紙的袋子和報社發行的印刷品投入田沼家的信箱，前往下一戶人家。

下午七點五分——

田沼洋次在路上與坂上和子交談。

「田沼先生，你下班啦。」坂上和子先出聲打招呼。

坂上和子是附近的家庭主婦，年約四十。洋次和她不太熟，但妻子美枝子常在路邊和她閒話家常。

和子正往庭院灑水。雖然時值盛夏，晚上七點後天色也已暗，不過，這似乎是她的習慣。美枝子曾猜測，或許她是想避免曝晒在陽光下。

「啊，妳好。」田沼洋次回道：「今天也很熱哪……」

「真的。」坂上和子替盆栽澆水。

接下來，直到抵達家門口，洋次沒再碰見其他人。儘管住處離車站相當近，但比起站前的商店街，位於後站的住宅區顯得人煙稀疏。在柏油路彷彿快融化的盛夏時節，這種情況尤其顯著。

住家外觀和他早晨出門時並無不同。占地約二十坪的房子有座狹窄的庭院，單是一道形式上的大門，和幾個盆栽便幾乎擺滿。前年，他用三十年的貸款買下。

他從褲袋裡掏出一串鑰匙。兩把是玄關大門的鑰匙，另一把是後門鑰匙。不過，玄關大門向來只上一道鎖。由於玄關燈沒亮，他費了點時間才插入鑰匙。

打開大門，屋裡一片漆黑。平常廚房會傳來美枝子的招呼聲「你回來啦」，然後快一歲的裕太那圓滾滾的小臉會從和室拉門後望著他。

不過，今天卻等不到任何一人的歡迎。洋次呆愣半晌，喊道：

「喂，美枝子！」

毫無反應，狹窄的走廊上傳來回音。他打開玄關照明，重新朝漆黑的屋內高喊：

「美枝子，妳在家嗎？」音量大到恐怕連隔壁都聽得見。

不過，依然沒有任何回應。洋次脫掉鞋子，走進客廳開燈，只見桌上放著玻璃杯和早報。面向小庭院的玻璃窗，僅僅拉起薄蕾絲窗簾，從外頭幾乎能一覽無遺。

他把公事包放在餐椅上，走向隔壁的和室，開燈一看，依然沒有美枝子和裕太的身影。角落的嬰兒床上，放著捲起的毛巾被。小熊布偶躺在榻榻米上。

他轉往走廊，打開洗手間的門。

美枝子倒臥在地。

## 2

大批鑑識人員在狹窄的屋裡穿梭。穿制服的，沒穿制服的，年輕男人，年老男人，形形色色。田沼洋次坐在餐椅上，茫然地望著他們忙碌的身影。究竟在調查誰、什麼事，調查過的事物會整理出怎樣的情報，他完全摸不著頭緒。

自洋次打電話報警，已過四十分鐘。一切彷彿是場噩夢。

當時，美枝子已死。她渾身冰冷僵硬，顯然氣絕多時。不過，洋次仍試著呼喚她的名字，搖晃她的軀體，希望她會奇蹟似地甦醒。

「田沼先生。」走廊傳來一聲呼喚。

洋次回過頭，一名身材高大、輪廓深邃的刑警站在眼前。他的目光沉穩，卻帶著好像能看穿人心的銳利，年紀約莫三十出頭。

「方便上來二樓嗎？」

洋次頷首站起，身體猶如鉛鑄般沉重。

二樓有三個房間。一個三坪大和室，兩個各二坪大的西式房間。和室是他們夫妻的主臥房，西式房間打算將來當兩個孩子的寢室。除了裕太，夫妻倆原本計畫再生一個孩子。

刑警站在和室門口，招手道：「請過來。」洋次走近，重新環顧室內。

報警後，他才發現和室凌亂不堪。五斗櫃的抽屜全拉開，洋裝和內衣翻出，一片狼藉。連美枝子的化妝台抽屜也被翻得亂七八糟。事實上，田沼家的貴重物品，幾乎都收在化妝台抽屜。

「存摺不見了嗎？」刑警問。

「是的，還有一些現金。」洋次回答。

「現金放在哪裡？」

「我太太把生活費保管在化妝台的中央抽屜。」

「金額呢？」

「十萬圓左右……不，應該沒這麼多。上個月底，我從銀行提領十萬圓，多少已用掉一些。」

「還有哪些貴重物品不見？」

「沒什麼貴重的……」他不自覺地左右張望。

「價格不高也沒關係，像是重要文件或罕見物品，總之，有沒有失竊會很麻煩的東西？」

「唔，沒有印象。」

原想回答「老婆和兒子是最珍貴的資產」，他又吞下去。此時多說也無濟於事。

「那個櫃子，」刑警指著五斗櫃，「平常放什麼？」

「洋裝和內衣之類，大概就是散落在地的這些。」

「確定嗎？」

「嗯，沒錯。」

刑警頷首，皺起濃眉。雙眼和眉毛的間距縮短，更凸顯了他那不太像日本人的臉型。面對現場的狀況，刑警似乎有些摸不著頭緒。當然，洋次不清楚刑警對哪一部分感到疑惑。

半晌，刑警抬起頭問：「今天早上，你和兒子碰過面嗎？」

「嗯，碰過面。」洋次回答。他心想，對一歲的兒子，用「碰面」這個詞有點怪。

「記得他穿怎樣的衣服嗎？」

「這個嘛……好像是白色的衣服。」

「請過來一下。」刑警打開隔壁房門。

眼前出現附抽屜和衣櫥的小型組合式家具。刑警拉出最上層的抽屜，裡面放著裕太的衣物。

「令郎的衣物都收在這裡嗎？」高個子的刑警問。

「應該吧。」

「請看看抽屜，能不能試著回想少了哪件衣服？不在這裡的那一件，就是現在令郎身上的衣服。」

原來如此，洋次邊想邊翻找抽屜。裡面塞滿嬰兒服，許多看似全新，也有他沒看過的。

「大概……」他停下手，「是印著藍色大象的那件。」

「藍色大象？動物的大象？」

「是的。白底，胸前有個很大的大象圖案。那是最近買的，我太太很滿意地幫他穿上。」

刑警把洋次的話寫在記事本上。洋次望向窗外，眾多調查人員在房子周圍來回搜索。

「然後，」刑警繼續道：「令郎總是睡這個房間嗎？」

「咦？」

「我是指，這個房間。今天似乎也讓他睡這個房間。」

「啊，是這樣嗎？」洋次左右顧盼，一副心神不寧的樣子。他不懂刑警爲何有此一問。

「剛才這裡鋪著厚毛巾被。」刑警指著窗邊的地板，「摺成適合一歲左右嬰兒躺的大小，還放上小枕頭。我們已拿回去採集毛髮。」

「哦，」洋次不自覺地抓抓下巴，「是嗎？大概是在這裡睡午覺吧。」

「爲什麼？」刑警疑惑地偏著頭，目光依舊銳利。

「啊？」

「既然嬰兒床放在一樓的和室，爲何不讓孩子睡在那邊？」

「這……」

洋次一時想不出適切的回答，也不明白刑警怎會在意這一點。

「哪裡不對勁嗎？」洋次主動提問。

「不，倒也不是。」刑警又皺起眉，環顧狹窄的屋內，瞄窗邊一眼後，望著洋次繼續道：「我只是在想，不會太熱嗎？這個房間沒裝空調，窗戶緊閉。像今天這種日子，白天一定很熱，跟蒸氣浴室一樣。」

「哦，原來是這件事。」洋次大大點頭，「確實如此，所以每次讓孩子睡這個房間時，都會打開主臥室的冷氣。不然，打開所有房門，涼風也會吹進來，畢竟屋子很小。這裡不會太冷，又不會直接吹到風，恰恰適合孩子睡覺。」

「不過，當時夫人在一樓，讓孩子睡在一樓比較方便照顧吧？」

「她可能打算立刻上二樓。」

「怎麼說？」

「要晾衣服之類的……」

「這麼一提，夫人當時似乎準備洗衣服。洗衣機裡有待洗的衣物。」
「是嗎？我倒是沒注意。」
「既然要待在一樓等衣服洗完，便沒必要特地讓孩子睡二樓吧。不過，這或許不是什麼大問題。」
刑警嘴上這麼說，神情卻不太認同。然而，洋次無法再多加說明，實情唯有美枝子知曉。
「最近曾停電嗎？」刑警問。
「停電？沒有……怎麼？」
「一樓微波爐的時間顯示器閃個不停，錄影機上的電子鐘也一樣。」
「哦，那是……」洋次舔舔唇，「兩、三天前，電源斷路器跳掉，一直沒去處理。」
「原來如此，我懂了。」刑警點頭。
「喂，ㄐㄧㄚㄏㄜˋ！」此時，樓下傳來呼喚聲。
「什麼？」高個子刑警應道。這個刑警似乎姓「ㄐㄧㄚㄏㄜˋ」。
「請田沼先生下來一趟。」
「了解。」刑警回完話，望向洋次，「我們走吧。」
洋次頷首，步向樓梯。

一名叫村越的白髮警官等在樓下，身旁兩名刑警似乎是他的部屬。其中一人以啤酒空罐當菸灰缸，正在抽菸。

「仔細搜查過附近，並未發現令郎的蹤影。當然，我們會持續搜索，不過被凶手帶走的可能性相當高。」村越警官站在餐廳中央，語氣淡然。

這種情況下，洋次不知如何回應。他思索片刻，開口：

「難道是綁架？」

「目前還不確定。不過，確實必須考慮到此種可能。總之，今晚我想派調查人員留守。」

「好的，那就麻煩您。」

「另外，」警官略帶褐色的雙眼望著洋次，「平日會造訪府上的是哪些人？請盡量回想。」

「白天我幾乎都不在家，問有哪些人，我也……大概是賣酒的店家或洗衣店的人吧……」

「賣酒的店家、洗衣店。」警官複述一遍，「知道店名嗎？」

「嗯，應該都記在電話簿裡。」

「其他的呢？」

「其他的……」他沉思半晌，忽然抬頭問：「凶手在這些人中？」

「還不確定。」警官搖搖頭，「不過熟人犯案的可能性不低。」

「怎麼說？」

「依現有的線索推測，凶手是從後門入侵，而不是大門。因為後門沒上鎖。凶手闖進屋子時，夫人不巧在後門旁的洗手間。」警官停頓一會兒，繼續道：「於是，凶手掐住夫人脖子，將她勒斃。截至目前為止，雖仍無法斷定是預謀，或衝動犯案，但沒使用凶器，也許凶手當時並無殺人意圖。暫且不提這一點，問題在於勒脖子的方法。夫人是遭正面勒斃。」

「正面……」

「知道這代表什麼意義嗎？陌生人忽然闖入後門，不管是誰都會提高警戒，全身防備，甚至尖叫。至少，不會眼睜睜任陌生人靠近而不吭聲。」

「大概是注意力放在洗衣機，沒察覺有人入侵……」

「那麼，凶手應該會從背後攻擊。實際上，凶手不僅從正面掐住脖子，而且現場沒有太激烈的抵抗痕跡。由此可見，凶手是在夫人沒有戒心的狀態下，忽然將她勒斃。」

「所以是熟人行凶？」

「這純粹是推測。」語畢，警官點點頭。

想不出可探究的問題，洋次只好努力回憶平常哪些人會出入家裡。然而，他絞盡腦汁，也只想到掃除用具宅配服務和回收舊報紙的人。

## 3

洋次在半夢半醒的狀態中迎接第二天。雖然有兩名刑警留守，但是一整晚似乎沒特別的進展。

「綁匪今天應該會主動聯絡。」其中一名刑警說，洋次默默點頭。

他尚未告知任何人家中發生命案。村越警官指示，在確認綁匪的目的前，要竭盡所能保持低調，避免引起騷動。或許媒體也受到制約，不論電視或報紙都沒案情相關的報導。

然而，紙終究包不住火，總有一天必須公諸於世。想到要向雙親和美枝子娘家的親戚說明，洋次就頭痛不已。

下午，留守的兩名刑警離開，換上昨天碰過面的ㄐㄧㄚ ㄏㄜˋ刑警，漢字似乎寫成「加賀」。他詢問有沒有拍得更清楚的裕太照片，昨晚拿走的那張因光線昏暗，表情不易辨識。

「請稍等，家裡應該有相簿。」洋次忽然發現，自己對於是否真有這本相簿根本沒把握。他只記得封皮是紅色的，是裕太的出生賀禮。相簿裡貼著好幾張美枝子用傻瓜相機拍攝的照片。每當親友造訪，她就會拿出來。被迫看別人家孩子的照片，想必很無奈吧。

那本相簿收在哪裡……？

他走進一樓的和室，打開儲藏櫃。美枝子習慣將雜物放在此處。不料，櫃子裡塞滿縫紉機、燙衣台、裝著不明物品的箱子和紙袋，幾乎毫無空隙，隨意移動恐怕會像推倒骨牌般難以恢復原狀。他愣愣望著眼前的景象，原來儲藏櫃裡竟是這副模樣。一眼掃過，自然找不到相簿。

「沒找著嗎？」加賀不知何時來到他身旁。

「眞奇怪，不曉得放哪去了？」洋次喃喃自語，關上儲藏櫃。

他走到餐廳，在餐具櫃周圍張望。美枝子曾在餐桌上翻閱相簿，也許放在餐廳。

然而，怎麼也找不到那本相簿，洋次不禁僵在餐廳中央。

「那是怎樣的相簿？」加賀問。

「差不多這麼大，」洋次在空中畫出一個四方形，「紅色封皮。裕太的照片全放在裡頭。」

「大概這麼厚？」加賀以大拇指和食指比出三公分左右的寬度。

「對。」

「不就放在昨天那個房間？」

「昨天那個房間？」

「二樓的和室。」

「是嗎？」

「應該沒錯。」加賀點點頭。

洋次和加賀一起走上二樓的和室。

「是不是這個？」加賀指著五斗櫃上方。紅色相簿放在一本家庭醫學書旁。

「啊，是的。」洋次抽出相簿，「原來放在這種地方。」

「你好像不知道相簿放在這邊。」

「照片都是我太太負責整理。」

洋次翻開相簿，光溜溜的裕太映入眼簾。照片中，裕太躺在床上睡得安穩又香甜。

洋次胸口一緊，頓時悲從中來，眼眶泛紅。他強忍著淚水，現在不是哭泣的時候。尚未確認裕太的安危，要哭還太早。

於是，他極爲機械化地挑選三張照片。

「這幾張行嗎？」

「可以，謝謝。」加賀道謝。

「案情有任何進展嗎？」

加賀輕輕搖頭，「正在尋找目擊證人，但沒發現確切的線索……」

「這樣啊。」

「不過，一定會有蛛絲馬跡。」

加賀從上衣口袋掏出一包全新的香菸。

「請問有沒有菸灰缸？」

「沒有，我們不抽菸。」

「哦，那我也稍微忍耐。」加賀把菸收回口袋，「總之，重要的是凶手的下一步。擄走裕太肯定有目的，接下來才是勝負關鍵。」

「希望如此。」洋次回答。

加賀離去後，洋次回到二樓，翻開相簿。相簿裡放著許多美枝子拍攝的相片，他從未認眞看過。

熟睡的裕太、哭泣的裕太、笑臉的裕太，全匯聚在相簿。雖然照片上只有裕太，但美枝子微笑拿著照相機面對裕太的身影，彷彿也烙印其中。洋次的胸口又襲來一股炙熱的情緒。

洋次和美枝子是辦公室戀愛。他們分屬不同部門，在公司主辦的健行活動中相識。由於兩人都喜歡旅行，交往時常四處遊玩，好幾次在外地過夜。

那是最美好的一段時光。

結婚後，他們便不曾一起旅行。美枝子沒多久就懷孕，而自從裕太哇哇墜地，連短暫出門都很困難。

他們原本想享受一陣子兩人生活，沒打算這麼快生孩子。美枝子意外懷孕時，多次討論要不要墮胎。最後沒拿掉孩子，主要是考量到夫妻倆都不年輕，將來想生孩子，也不見得能如願。

裕太的出生，固然帶來莫大的喜樂，相對地，必須放棄或割捨的事情也不少。夫妻單獨旅行就是其中之一。

不過，洋次認為，這就是所謂的幸福家庭。有房有子，即使不能奢侈揮霍，卻擁有安定的收入，不該產生任何不滿。

裕太專屬的相簿，翻到一半後面全是空白。最新的照片上標示的日期，大約是兩個月前。

我也想輕鬆一下呀！

洋次的耳邊響起美枝子的話聲。

## 4

案發三天後舉行葬禮。由於得等遺體解剖完畢，日期稍有延遲。昨天晚上，警方已發布命案的消息。

當然，這是美枝子一人的葬禮。不過，前來參加告別式的親友都心照不宣，認定是母子倆的葬禮。看著他們的神情，洋次瞭然於心。

洋次的母親從埼玉趕來，從守靈當晚就淚流不止。眾人心知肚明，與其說是哀傷媳婦慘死，不如說是預見孫子的不幸而悲慟。

這三天，凶手毫無聯絡。雖沒明講，警方似乎預期很快會發現孩子的屍身。因此，進駐洋次家的員警全部撤離。

下午剛過六點，田沼洋次回到家。夕陽逐漸西沉，地面仍不斷散發熱量。他的肩上搭著喪服外套，熱得連掌心都汗流不止，甚至沾濕包覆骨灰罈的布巾。

一個男人站在門口，原來是加賀刑警。他同樣脫掉外套，拿在右手上。露出短袖襯衫外的手臂沁著汗水。他平常就有鍛鍊身體的習慣吧，洋次茫然想著。

「辛苦了。」加賀微微頷首致意。

「你一直在這裡等我嗎？」

「不，我剛到。幾件事想請教你。」

「是嗎？請進。」洋次掏出鑰匙，打開大門。

走進屋內，他先開啓餐廳的冷氣。家中只有餐廳和二樓主臥室裝冷氣。

牌位和骨灰罈暫放在一樓的和室。洋次心想，大概非買靈桌不可了。儘管他並未特別信奉哪一種宗教。

「實在遺憾，至今依然沒有令郎的消息。」加賀在餐椅坐下。

「這樣啊。」洋次有氣無力地回答，解下黑色領帶，癱坐在椅子上。他渾身倦怠，雖然口渴，卻沒力氣走到冰箱前。

「那個收舊報紙的人，案發當天來過你家。」

「收舊報紙的？幾點來過？」

「下午三點多。因爲不管怎麼按電鈴都沒回應，對方以爲你家沒人。」

「也許我太太出門了。」

「不過，」加賀盯著記事本，「稍早的兩點半左右，附近有一名女子曾和你夫人交談。她指出，夫人正要開車回家。」

「那麼……」洋次嚥下口水，「你的意思是，收舊報紙的人來時，美枝子已遇害身亡？」

「目前這個推測可能性較高。」刑警愼重地回答。

「下午三點嗎……？」洋次思忖著當時自己在做什麼。

「你知道夫人開車去哪裡嗎？」

「唔，也許是去購物。」

「但那名女子說，夫人並未帶著購物袋，還告訴她只是外出一下。夫人口中的『外出一下』，會是指什麼地方？」

「不曉得。會不會是銀行、區公所或郵局之類的？」

「不過，這些地方都在走路就能到的距離，何必特地開車？」

洋次思索片刻，回答：「最近天氣滿熱的。」

「不無可能。」加賀點點頭，「那麼，知道她去辦什麼事嗎？」

「家裡的事全由我太太打點，所以……很抱歉。」洋次沒看刑警的表情，直接低下頭。

「不論是哪個家庭，做丈夫的都會這麼說。」

「這陣子工作忙得不可開交。」話一出口，洋次發覺自己像在找藉口。

「其實，這不是夫人第一次在白天外出。」

「咦……」

「附近鄰居經常看見她開車出門。案發前一天，她也曾外出。」

「是去購物吧。會不會是要買晚餐的配菜？」

「不，不是的。」

加賀的語氣十分肯定，洋次不禁感到疑惑。一眨眼，刑警變魔術般從餐桌底下拿出某樣物品。

那是超市的塑膠購物袋。

「你認得『丸一』超市的購物袋吧？這間超市離你家步行只要幾分鐘，夫人幾乎每天都會前往採買。不僅店員有印象，在那個字紙簍中也找到發票。」加賀指向流理台旁的垃圾桶。

原來警方趁他不注意，連垃圾桶都已檢查過。明知發生凶殺案，家中一定會遭到搜查，洋次內心仍不太舒服。

「你覺得呢？夫人白天上哪去了，你有沒有什麼頭緒？」

「這個嘛……我不是很清楚……」洋次搖搖頭，嚥下一口唾沫。

「夫人要外出，想必會帶著裕太吧？」

「應該是的。」

「我認爲他們能去的地方有限。如今在日本這個國家，帶著孩子出門依然很不方便。」

洋次默默斂起下巴。美枝子生前也經常抱怨帶著小孩哪裡都別想去，不管是入時的服飾店、高級餐廳或電影院，都非得放棄不可。而且，最後她一定會加上一句，「你倒是輕鬆，把麻煩事全推給我就好。」

「你認爲呢？」

「咦？」

「就是有關夫人外出的目的。」

「啊……」洋次搓搓下巴，「我會去問問和美枝子熟識的人，也許能發現一些線索。」

「那就麻煩你。」加賀說道。

洋次以爲談話已告一段落，加賀又換了個話題。

「你任職於工具機製造商吧，在板橋的一間工廠擔任技術服務工程師。」

「是。」爲什麼會提起他的工作？洋次頗爲疑惑。

加賀翻開記事本。

「案發當天上午，你去千葉拜訪客戶，回到工廠時已是下午兩點多。三點過後，你前往大宮的蘆田工業，六點半再次回到工廠，換衣服返家。沒錯吧？」

洋次聽得目瞪口呆，說不出話。見他這副模樣，加賀刑警有些抱歉地低下頭。

「我們向公司方面詢問過。你或許會感到不愉快，但掌握命案關係人的動向，是我們搜查的常規。」

「不，我沒覺得不愉快。」洋次以手背抹去額頭的汗水，「那天的情形我不太記得，如果你們已向公司方面查證，應該不會有錯。我們的行程都交由公司全權管理。」

「是的，有非常詳細的紀錄。」接著，加賀偏著頭問：「不過，有一點得和你確認。」

「什麼？」

「根據公司相關人士的說法，田沼先生造訪蘆田工業前，曾表示會直接回家，還攜帶換穿的衣服。這是眞的嗎？」

「這……」洋次試著回想，「我也許講過。這種情況很常見。」

「可是，實際上你又返回公司。」

「因爲忽然想到有事要辦……回公司不至於繞遠路。另外，我也擔心直接回家，會沒地方停公司的車。」

「哦，對對，聽說你都開車跑客戶。那是車身印有貴公司名稱的日產sunny商用車，我親眼確認過。」

爲何連這種事都要查證？洋次暗忖，依然保持沉默。

「還有，」加賀繼續道：「我們向蘆田工業求證，得知田沼先生在五點左右抵達。三點多從板橋的公司出發，到位於大宮的蘆田工業卻是五點鐘。平常約三十分鐘的路程，這天好像多花了一些時間，是不是順道去其他地方？」

「嗯，那個……去了書店。」

「書店？哪家？」加賀準備好記事本和筆。

「在十七號公路沿線。」洋次描述書店的位置，那是他經常造訪的大型書店。「蘆田工業沒要求必須在幾點鐘到，我就溜去打混休息，可別告訴別人啊。」

「當天買了那些書？」

「不，那天什麼也沒買。」

大概是在記錄洋次的話吧？總之，加賀在記事本上振筆疾書。

「請問……」洋次開口，刑警抬起頭。洋次望著那張略顯粗獷的臉孔問：「我有嫌疑嗎？」

「你？」加賀的身體微微後仰，「怎麼說？」

「你們花太多工夫在我身上。只查我公司也就罷了，竟然查到客戶那邊。」

「既然要查，就要查個徹底。絕非針對你。」刑警放鬆緊繃的雙頰，露出彷彿計算過的笑容。

「眞的嗎？」

「眞的。」

既然對方這樣講，洋次也沒立場抗議。

「最後，還有一件事想請教你。」加賀豎起食指。

「什麼事？」

「夫人倒在洗手間時的衣裝，你記得嗎？當時她穿著白T恤和褲裙。」

「這麼一提，似乎有些印象。」

「關於這個部分，我們覺得有點不對勁。」刑警翻著記事本道：「之前說過，當天附近有一名主婦曾和夫人交談。根據她的描述，夫人是穿鮮豔的紅T恤，所以留下深刻的印象。她甚至斬釘截鐵地保證，絕對沒記錯。不過，夫人遇害時身上卻變成白T恤，究竟是怎麼回事？」

洋次聽著刑警的話，雙手不自覺地摩擦胳臂。冷氣並沒有特別冷，他仍起了雞皮疙瘩。

「或許是流汗，返家後換過衣服吧。」

「車上不是有冷氣嗎？」

「那輛車很舊。」洋次回答：「冷氣好像壞掉了。」

「原來如此。天氣這麼熱，實在傷腦筋。」

「雖說是壞掉，倒也不是完全不冷。」洋次嘴上辯解，又不禁自責太多話。

「那件紅T恤，」刑警接著道：「和其他待洗衣物一起放在洗衣機裡。看來，她原本就打算要洗那件T恤。」

一想到警方檢查過洗衣槽，洋次的心情益發沉重。可是，他臉上並未流露半分，只附和：「或許吧，一定是流汗了。」

「不過，挺奇怪的。」

「怎麼？」

「紅T恤跟其他衣服一起洗，不會染色嗎？」

洋次訝然張口，剛要應話，加賀已站起。

「那麼，我告辭了。」刑警鞠躬後離去。

## 5

葬禮結束隔天，洋次便開始出勤。雖然上司勸他不妨多休息一陣子，他卻自願去上班。

「待在家裡只會觸景傷情。」

聽到他這番說詞，上司也莫可奈何。

不過，洋次希望能暫停拜訪客戶的業務。原因是以目前的心情，他擺不出笑臉討好客戶。公司方面當然接受了他的請求。

於是，洋次整天窩在金屬材料室。在這個材料室裡，主要是負責分析客戶交付的試驗品，也就是客戶用他們販賣的工具機製作的試驗加工品。若是焊接品，必須先切斷其斷面，加以研磨，經過融刻後，再分析鎔化狀態、有無龜裂、金屬組織質地等等。若是熱處理品，還要詳細調查硬度分布等項目。雖然勞心費神又讓人筋骨僵硬，洋次仍默不吭聲地作業。人來人往，唯有他整天沒離開。

尤其是他頻繁地檢查如指尖般大的小零件。雖然並不緊急，洋次卻把大部分的時間花費在這些小零件上。可是，沒人因此說三道四。看著他在研磨機前，專心一意地研磨試料，悶不吭聲地拍攝金屬組織顯微照片的身影，任誰都會裹足不前，不敢與他交談。

「田沼最近的確有些不正常。」

洋次銷假上班的第二天，同事議論紛紛。

「不管什麼時候，他都在研磨金屬，一句話也沒說。」

「看來受到相當大的打擊。」

「聽說還沒找到兒子。」

「他恐怕不抱任何希望了吧。」

「很有可能。總之，感覺有點毛骨悚然，實在很難接近他。」

「他來得非常早。我到公司時，他已換好制服，又是最後一個下班。這是無薪超時加班啊。」

「這麼一提，我都沒在更衣室碰到他。以前常和他說笑。」

「他現在哪有這種心情，眞是可憐。」

兩人閒聊之際，洋次依然待在金屬材料室裡。

## 6

命案發生一週後，八月八日這天，洋次從車站走回家，途中感覺後面有輛車子靠近，同時聽到有人喊「田沼先生」。

洋次停下腳步，回頭一看，只見加賀刑警自深藍轎車駕駛座的車窗探出頭。

「要不要坐一程？有個地方希望你務必去瞧瞧。」

「哪裡？」

「到時就知道了。」刑警解除副駕駛座的門鎖，「不會占用太多時間的。」

「和案情有關嗎？」

「當然。」刑警用力點頭，「請上車。」

在非上車不可的氛圍中，洋次只好繞到副駕駛座旁。

加賀開車前進。由於操控排檔的動作生疏，洋次推測這不是加賀的車子。

「今天好熱啊。」加賀直視著前方說道。

「簡直要熱昏了。」
「公司沒開冷氣嗎？」
「辦公室有，但我們在工廠作業，配備的是移動式冷氣，吹得到風的地方才比較涼快。」
「那還眞辛苦。」加賀說著轉動方向盤。
「加賀先生，請問……要去哪裡？」洋次小心翼翼地開口，避免流露不安。
「快到了。」
果然，隔沒多久，加賀放慢車速，似乎想找地方停車。
緊接著，車子駛進寬闊的停車場。這一瞬間，洋次忽然察覺加賀的想法，不禁倒抽一大口氣。
「既然不會花太多時間，加上天氣炎熱，我們還是保持引擎怠速吧。萬一被環保團體抓到，八成會慘遭修理。」加賀拉緊手煞車。
「爲什麼來這裡……」洋次問道。然而，他心知肚明，根本不必多問。
「應該沒必要說明吧？」加賀的語氣沉穩，有股不容對方辯解的自信。
「我實在是一頭霧水。」
「令郎的……」加賀打斷洋次的話。

洋次屏息注視著刑警。不過，一對上刑警銳利又帶著哀傷的眼神，洋次不由得撇過頭。

「令郎的……」加賀重複一遍，「遺體找到了。」

洋次閉上眼，彷彿遠方在鳴擊太鼓般，開始出現耳鳴，而且愈來愈大聲。他的內心波濤洶湧。

這個狀態並未持續太久。耳朵裡的太鼓聲很快消失，只留下慘白的虛脫感。他低著頭，開口：「何時找到的？」

「就在剛才。」加賀回答：「你離開公司後，搜查人員便進入搜索，最後在更衣室內，你的置物櫃……」

洋次氣力盡失，差點當場癱倒。他硬撐著，應道：

「原來如此……」

「這一個星期，我們派員隨時監控你，認定你一定會去找兒子。回顧你在案發當天的行爲，應該沒有多餘的時間善後。你大概會暫時把屍體藏起來，趁空檔慢慢處理。然而，返回職場後，你幾乎沒涉足公司以外的地方。於是，我們想起案發當天，你曾經回公司一趟，由此可見，屍體就藏在公司，而且是只有你能接觸的場所。」

「所以聯想到置物櫃……」

「不過，我們有些遲疑。畢竟在這種季節，把屍體放在更衣室一整個星期，難免會腐敗發臭，其他同事不可能毫無所覺。」

「的確。」洋次點頭。案發當天，他考慮過相同的問題。

「發現屍體時，搜查人員恍然大悟，驚歎連連。」

洋次嘆口氣，就算刑警欽佩也無濟於事。

「聽說是用樹脂。」

「是熱硬化性樹脂。」洋次回答：「工作上經常使用。」

「技術人員的著眼點果然不同。」加賀搖搖頭。

「其實沒什麼特別的。只是走投無路，逼不得已才想到的辦法。」

「看來你用得十分嫻熟。」

「嗯，算是吧……」

所謂的熱硬化性樹脂，是指加熱就會硬化的樹脂。原本具有黏性的液體一旦凝固，不論何種溶劑都無法溶解，即使加熱也無法溶化。洋次他們每次觀察細小零件的金屬組織時，都必須使用這種特殊的樹脂。換句話說，事先將零件塗滿這種樹脂後，切斷想觀察的部分，將該斷面加以研磨，再藉融刻等方法檢測金屬組織。因爲零件太小，切割或研磨都很困難。

那天——

洋次將裕太的遺體放入黑色塑膠袋，帶回公司的更衣室後，直接藏到置物櫃中。接著，他前往倉庫，把大量尚未硬化的樹脂倒進水桶，滴了幾滴特殊液體，用棒子攪拌。液體和樹脂發生反應而產生的熱量，使得樹脂硬化。

洋次提著一桶狀似麥芽糖的樹脂返回更衣室，打開黑色塑膠袋，從兒子頭上淋下去。硬化要花費好幾個小時，但只要能夠覆蓋表面，應當能夠暫時隔絕屍臭。洋次重複進行兩次相同的作業，也就是說，他用三桶樹脂包覆裕太的軀體。

裕太裹在透明樹脂中的模樣，至今仍歷歷在目。地獄般的記憶深烙在洋次心中，永生難忘。不過，這是他必須承受的懲罰。

「打一開始，你們就懷疑我吧？」洋次問。

「是的。」加賀頷首。

「關鍵是那件紅T恤嗎？」

「那也是原因之一，不自然的部分實在太多。」

「例如？」

「你清楚記得裕太穿的衣服樣式，詳細描述是白底藍大象的圖案，聽起來不像把兒子和家務全丟給太太打理的人。許多爲人父者，儘管疼愛孩子，也記不得孩子服裝的款式。」

「唔……」洋次點頭，嘆氣道：「你這麼一說，似乎也對。」

「奇怪的是，隔天你卻大費周章地找相簿。明明擺放相簿的地方，並不令人意外。因此，我覺得這時候的你，才是你原本的樣貌。那麼，記得裕太身上衣服的樣式，不就顯得非常不自然嗎？」

「原來如此。我自認天衣無縫，沒想到其實漏洞百出。」洋次嘴角浮現笑意。從旁望去，想必是一副悽慘的表情。

「另外，弄亂房間的方式不夠徹底。」

「不夠徹底？」

「雖然五斗櫃被翻得亂七八糟，別的房間卻完好無事，尤其是一樓幾乎沒翻動過，怎麼看都不自然。而且，歹徒偷走存摺也令人匪夷所思。只要向銀行報失，存摺就無用武之地了。」

「坦白講，櫥櫃的情況……」洋次的話聲中夾雜著嘆息，「我也覺得不對勁。」

「不是你故布疑陣嗎？」

「不是。」

「那麼，是誰讓孩子睡在二樓那個房間？」

「也不是我。」

「難道是夫人？」

「是的。」

聽了洋次的回答，加賀刑警陷入沉思。他眉頭緊皺，彷彿訴說著思慮多麼深重。

刑警抬起頭，臉上流露些許訝異。

「一開始是夫人撒謊想掩飾。」

「沒錯。」

「因此，微波爐和錄影機上的時間顯示器才會歸零。而切斷電源的也是夫人。」

「笨女人。」洋次語帶輕蔑。

那個燠熱下午的記憶再度甦醒。

## 7

那天下午三點半，洋次回到家裡。他早上打電話告訴美枝子，三點左右會回去拿忘記帶的東西。

然而，他踏進家門後，卻不見美枝子的身影，連裕太也不在。冷氣似乎已關掉，非常悶熱。他暗暗感到詫異，走到洗手間一看，發現美枝子倒在地上，而且後門敞開。

洋次大吃一驚，試著搖醒美枝子。半晌，她睜開眼睛，一臉迷茫地開口：

「啊，老公……」

「怎麼回事？」

「就是……被人打到頭。」

「什麼？」洋次環顧四周，「是誰？」

「不知道。當時我面向洗衣機，洗衣機的運轉聲太大，沒注意到後門打開了。」

洋次連忙檢查她的後腦杓。雖然沒出血，也不能掉以輕心。他很清楚頭部受傷的嚴重性。

美枝子身上的衣服沒有拉扯的痕跡。洋次得知她並未遭到強暴，不禁鬆口氣。

「別動，我馬上聯絡醫院。」他撐著妻子，讓她緩緩靠在牆邊。「不，還是先報警較妥當。」

「老公，裕太呢？」

「裕太？」洋次猛然想到兒子，頓時驚慌失措，四下張望，「他在哪裡？」

「他在二樓睡覺。」

「二樓？為什麼？」

「他玩到一半睡著了。所以，我打開隔壁房間的冷氣，幫他蓋一條毛巾被。」

「等我一下。」

洋次步履蹣跚地爬上樓梯。此時，他滿腦子都在擔心襲擊妻子的歹徒也對裕太下毒手。

二樓比一樓更熱。暑氣沉澱在室內，眼前的景物彷彿都在晃動。

裕太就睡在這樣的房間裡。洋次看到他癱躺在毛巾被下。

洋次急忙抱起裕太，隨即察覺已發生最糟的情況。年幼的兒子不僅沒有呼吸，臉色和身軀都毫無生氣。

洋次體內湧起一股莫名的情緒。他張大嘴巴，卻喊不出聲，渾身虛脫，幾乎無法站立。嗚嗚……嗚嗚……只聽見心底發出哀鳴。

洋次抱著裕太下樓，雙腳卻使不上力。他邊走下樓，邊注視毫無氣息的兒子。雙眼緊閉的裕太像個洋娃娃，皮膚白得猶如合成樹脂。

美枝子等在樓梯旁，恍惚地仰望洋次。大概是擔心兒子，妻子才會坐立難安吧，洋次暗想。

「怎麼了?」她語帶顫抖，似乎察覺事態不妙。

「救護車……」洋次話沒說完便噎在喉頭，嘴裡異常乾澀。「快叫救護車!」

美枝子睜大雙眼。

「裕太!」

她急忙奔上前，從洋次手中搶過裕太，攬進懷裡，淚水從充血的眼眸潸潸落下。

「啊啊……裕太，振作點!醒醒!拜託，睜開眼睛!」

那是一個失去愛子的母親最眞情流露的模樣。悲傷不已的洋次想到妻子該是多麼哀慟，胸口一緊。

「還很難說。慢慢讓他躺下，我馬上叫救護車。」

洋次尋找著電話。家中無線電話的主機設在二樓，子機通常放在一樓。他四處尋覓子機，汗水流進眼裡。此時，他才意識到自己早就汗流浹背。

考慮到裕太的情況，應該先打開冷氣。不過，洋次不明白屋內爲何會這麼悶熱?難道是冷氣故障?

他拿起遙控器，對裝設在餐廳牆上的冷氣按下啓動鍵。然而，冷氣卻毫無反應，不管試幾次都沒動靜。

洋次靈光一閃，走向洗手間。洗手間的門上方有個配電盤，拉開蓋子一看，主電源果然被切斷了。

於是，他打開主電源開關。肯定是歹徒關掉的，但不曉得有何用意，或許是基於什麼特殊原因。不過，這的確就是奪走裕太性命的元凶。憤怒與憎恨湧上心頭，洋次渾身顫抖不止。

美枝子在和室裡不停啜泣，肩膀輕輕抽動。

無線電話的子機掉落在和室一隅。洋次撿起話筒，在撥打一一九求救前，回到裕太身旁。

美枝子沒回答，滴落的淚水濡濕榻榻米。裕太一動也不動。

洋次摟住妻子的肩膀，卻想不出一句合適的話語。「老公……」美枝子主動靠過來。

「還是不行嗎……」

瞬間，洋次恍然大悟。

沒有更令人不快的事了。在這種情況下居然能注意到不對勁，連洋次自己也覺得不可思議。或許正因身心處在極限狀態，才沒漏掉那些蛛絲馬跡。

洋次避開美枝子。看著持續哭泣的妻子，他開口問：

「妳是不是又去那裡了？」

8

「由於某件事，我發現美枝子撒謊。」洋次淡淡地繼續道：「算是直覺吧，我瞬間明白，那女人犯了多麼離譜的錯誤。」

「她承認自己撒謊嗎？」

「口頭上沒承認。不過，看到她的表情，再怎麼遲鈍也知道她在胡扯。」

對美枝子而言，這個謊言大概太沉重。即使瀕臨崩潰，她仍拚命演戲遮掩，因此聽到洋次的話，就無力再支撐下去。

「這個笨女人，生性愚蠢自尊心卻很高，所以犯下滔天大罪後，根本不可能告訴任何人。當然，我也包括在內。於是，她自導自演，假裝遭到歹徒襲擊。歹徒切斷電源離開，造成冷氣停止運轉——她居然打算用這種理由矇騙。如同你的質疑，只有五斗櫃被翻得亂七八糟，確實匪夷所思。大概是想起我就快到家，匆忙布置的吧。另外，製造存摺被搶的假象一樣可笑。笨女人不管做什麼都成不了事。我還找不到那本存摺，恐怕已燒毀。」

「妻子做了蠢事，你才失手勒死她嗎？」加賀刑警不帶情感地問。

沉默半晌，洋次搖頭。

「我不知道。或許不盡然，搞不好我也想設法隱匿一時粗心害死兒子的罪行。但無法否認，我憎恨鑄成大錯的美枝子。」

洋次憶起雙手大拇指掐進美枝子咽喉時的觸感，以及她畏怯的神情。不過，她並未激烈抵抗，想必是自覺死有餘辜。而洋次也完全沒有浮現一絲後悔的念頭。

「動手殺害妻子後，便換你自導自演。」

「實在是荒唐，連我自己都這麼認為。」洋次苦笑，並非故作姿態。「儘管嘲笑吧。那天第二次回家，我煞有其事地呼喚美枝子的名字，甚至裝模作樣地四處尋找。因為我擔心外面有人聽到話聲，也怕有人透過窗戶偷窺。發現美枝子屍體時，我竟然還假裝嚇得雙腳發軟。」

「你們夫妻倆的戲碼不同之處，在於你藏起兒子的屍體。」

「我認為只要驗屍，很快就會真相大白。」洋次聳聳肩，搖頭道：「即使家中門窗緊閉，光是在二樓睡覺，也不會輕易中暑或引發脫水吧。」

「不是完全不可能，只是有些不合常理的地方。」加賀回答。

洋次不禁心生疑惑，詢問刑警：「你們已查過裕太的死因？」

「沒那麼快，剛要正式進行調查。」刑警露出一絲笑容後，立刻板起面孔，「不過，我們早料到是中暑，才會帶你到這裡。」

「你們是怎麼知道的？」

「這個嘛，要說是直覺也行。」加賀搓搓鼻下，「其實關鍵是紅T恤。」

「果然……」

「你也是注意到這一點吧。」

嗯，洋次點點頭。

「穿那件T恤的美枝子靠過來時，我就發現她撒謊。所以，動手殺死她後，我擔心警方會看出不對勁，便幫她換上白T恤。爲屍體換衣服可不容易。」

「那件紅T恤沾染著菸臭。順便告訴你，她的頭髮同樣有菸味。」加賀說道：「雖然你們兩個都不抽菸。」

聽到這番話，洋次不禁回望刑警。同時，他想起加賀來借相片的那天，曾詢問家裡有沒有菸灰缸。

「加賀刑警……你抽菸嗎？」

「我不抽。」加賀微笑回答。

「原來如此，怪不得當時那盒香菸是新買沒拆封的。」

洋次終於明白，警方早已掌握若干關鍵線索。這是一齣打一開始就注定失敗的戲。

「另外，夫人每天開車出門的證詞也是重要的線索，畢竟菸味濃厚到足以沾染不抽菸者全身的場所屈指可數。經過走訪探查，我們獲得夫人經常出入這家店的目擊證詞。」加賀望著眼前的建築物。

「眞是丟臉。」

「案發當天，夫人也來過。得知這個消息後，我們立刻意識到行蹤不明的裕太究竟出了什麼事。」

「中暑嗎？」洋次問。見加賀輕輕點頭，他又苦笑道：「這種情況已成爲嚴重的社會問題，如今人人都會特別留意，沒想到她還會犯下大錯……」

洋次伸手關掉車上的冷氣，送風口吹出的風逐漸變得溫熱。接著，他甚至關掉送風。車內溫度明顯上升，透進窗玻璃的陽光持續加溫。洋次感到全身不斷冒汗。

「眞是難受……」加賀低語，額頭也沁著汗珠。

「簡直是灼熱地獄。」洋次重新啓動冷氣，「待在這樣的地方，就算是大人也會熱死。」

「之前你提過，你家車子的冷氣有毛病？」

「其實，那輛車的空調系統壞了。假如引擎空轉時開著冷氣，偶爾冷氣會自動停止。」

「夫人曉得嗎……」

「這個嘛，大概不曉得吧。」

至少他想相信這一點。

「最後有件事想請問你。」加賀繼續道：「原本放在化妝台抽屜裡的十萬圓生活費……」

洋次摩挲臉頰，直視前方。

「不清楚。我看到時只剩一萬圓。大概全送進那裡了。」他朝著眼前的建築物揚揚下巴。

「你覺得她迷上什麼？」

「很難講。或許對她而言，只要能暫時逃離現實，什麼都好。」

「你現在明白她的煩惱了？」

「嗯。以前我眞的不知道。原本應該是我當她的避風港。」

走吧，洋次說道。

背對著絢爛俗麗、閃閃發光的霓虹燈，車子緩緩駛離停車場。

# 第三志願

# 1

對楠木母女而言，非常重要的一天正要開始。

一如往常，眞智子和理砂一起搭乘電梯下樓。兩人總是並肩走到車站，今天眞智子卻站在大門口目送女兒離開。

「那麼，好好加油。」眞智子出聲。

「嗯。媽媽，等一下妳會來看我吧？」

「當然。」

「一定要來喔。」說著，理砂便邁步走向車站。

眞智子暗暗祈禱著，注視女兒嬌小的背影。她的祈禱中包含各種期盼。往昔的日子彷彿影片倒帶般重現腦海，印象深刻的片段便會暫時停格。她祈求尚未播出的影片是喜劇收場。

公寓旁的藥局，走出一個抱著白貓的老太太。看見理砂，她瞇著眼問：

「咦，星期日還這麼早出門？」

「今天有比賽。」理砂回答：「湯姆比較聽話了嗎？」

「嗯，多多少少。」

湯姆是老太太懷中那隻金吉拉的名字，她受託照顧一週。星期三早上，眞智子和理砂第一次見到湯姆。由於湯姆實在太漂亮又太惹人憐愛，母女倆不停稱讚，輪流抱著牠。

理砂輕撫小貓額頭幾下，向眞智子揮揮手，轉身離去。

理砂的身影消失在視野後，老太太抱著貓走近眞智子。

「前些天才發生那麼驚悚的事情，理砂眞是堅強。」

「情緒難免受到影響，但她似乎盡量不去想。」

「也是，這樣比較好。如果想太多，身體可能會不聽使喚。」

「嗯。」眞智子輕輕點頭。

「或許很困難，不過妳最好也早點忘記這件事。」

「希望如此。」眞智子試著擠出笑容。

眞智子很慶幸老太太並未連珠砲般好奇地打探。老太太固然關切她們母女，不過相較於附近公寓發生的案件，她更心繫舒舒服服窩在自己懷裡的金吉拉。只見她溫柔注視著貓。

「湯姆會待到什麼時候？」眞智子問。

「就到明天，牠的主人旅行回來了。」老太太語氣十分遺憾。

「感覺會很寂寞。」

「是啊。牠一天比一天可愛，我還想他們幹麼不悠閒地多玩幾天。」

「這倒是。」

眞智子輕輕撫摸金吉拉的額頭和背脊後走回公寓。

踏進家門後，她坐在餐椅上，注視著放在餐具櫃上的時鐘。鐘面上刻著碎花紋圖樣，這是十二年前朋友送的結婚賀禮。指針顯示現在是九點二十分。

眞智子思考著該幾點出門。不能太早去，以免妨礙理砂，但要是沒看到比賽就糟了。

眞智子認爲，今天是她們母女重新出發的日子。以今天爲分界，必須讓一切煥然一新。

爲了達成目標，麻煩的事物得趁早處理乾淨……

眞智子想起她在四天前的晚上，以相同姿勢凝望時鐘的情景。對她而言，那是個噩夢般的夜晚。

## 2

那天是星期三，整日陰霾，雨水彷彿隨時會滴落。不過，到了晚上終究沒下雨。

大概是眞智子打電話報警的七分鐘後，兩名制服警察從最近的派出所趕來。然而，即使他們趕來，情況也不會有太大變化。他們只能要求眞智子「請待在原地不要離開」。

又經過數分鐘，管區警署的刑警才抵達。一臉殺氣的男人、老奸巨猾的男人、目光犀利的男人，形形色色。不過，他們都具備刑警的特質，看上去個個思慮縝密，無隙可乘。光是和他們對峙，身體的感覺就喪失好幾個百分比。她相當不安，深怕自己無法保持冷靜。

「屍體在哪裡？」

這是警方最先提出的問題，眞智子記不得是哪個刑警問的。刑警既未自我介紹，也沒說明接下來的流程。

「在裡面的房間。」

眞智子話還沒說完，好幾個男人已脫掉鞋子，逕自走進屋內。

「把這位太太帶出去。」

其中一人吩咐，於是有人帶眞智子到外頭。她隱隱察覺刑警在背後四處走動。不曉得他們會如何搜查，她莫名心生恐懼。

半晌，一個男人踏出門口，步向眞智子。對方身材高大，眼神銳利，也許和她同齡，或者略長幾歲。她今年已三十四歲。

男人出示警察證，並報上姓名。他是練馬警署的加賀刑警，嗓音低沉卻中氣十足。

「妳是……楠木眞智子小姐嗎？」

「是的。」

「請到這邊來。」

加賀帶眞智子到逃生梯旁。此時，鄰近的一扇門打開，一名中年婦女探出頭張望，無意間對上刑警的目光，隨即縮回去。

「請盡量詳述發現屍體時的狀況。」加賀說道。

「呃，該從哪裡講起……」

「不要緊，從妳想到的地方講起就好。」

眞智子點點頭，深吸一口氣。

「我下班回來，剛要打開家門時，卻發現沒鎖。原以爲是女兒在家，進門一看，屋內竟然變成那樣……」

「變成怎樣？」

「所以……就是到處凌亂不堪。平常不可能那麼亂七八糟的。」

「原來如此。然後呢？」

「我覺得不對勁，便到後面的房間查看。」

「後面有和室及西式房間各一。妳先走進哪邊？」

「和室。沒想到……」

「一具男性屍體倒臥在內？」
「嗯。」眞智子斂起下巴。
「接下來呢？」
「我馬上打電話報警。」
加賀在記事本上振筆疾書，而後默默盯著那些文字。那是令人坐立難安的沉默。望著他眉頭的皺紋，眞智子不禁擔心自己說出可疑的話。
「當時窗戶關著嗎？」
「應該吧，我不太記得。」
「意思是，妳沒靠近窗戶。」
「對。打電話報警後，我就待在餐廳。」
「換句話說，妳在和室發現屍體後，完全沒有碰觸其他東西？」
「是的。」眞智子答道
「妳回家時大概是幾點？」
「九點半左右。」
「妳是在何時，又是怎麼確認的？」
望著鉅細靡遺詢問案情的刑警嘴角，眞智子想起他剛剛曾要求「盡量詳述」。

「回到公寓大門口時，我不經意地看過手表。打電話報警後，我也一直緊盯著時鐘。」

「之後有誰打來，或者妳曾打給別人嗎？」

「沒有。」

加賀點點頭，瞄了手表一眼。眞智子受到影響，目光也落在左手上的表。時間剛過晚上十點鐘。

「妳丈夫呢？」

面對加賀的詢問，眞智子輕輕搖頭。

「我們五年前離婚了。」

「喔……」加賀似乎小小倒吸口氣，「妳跟他還有聯絡嗎？」

「雖然聯絡得上，但幾乎毫無往來。不過，偶爾會接到對方的電話，可能想聽聽女兒的聲音吧。」

眞智子不明白這和案情有什麼關聯。

「原來妳有個女兒。有沒有其他孩子？」

「只有一個女兒。」

「她的名字是？」

「理砂。」

眞智子向刑警說明是理科的理，砂石的砂。

「幾歲？」

「十一歲。」

「她目前好像不在家。去補習嗎？」

「不是。她去運動俱樂部上課，應該快到家了。」

她又看手表一眼。理砂的練習時間是下午七點到九點半。

「上到這麼晚？是在學習特殊的運動嗎？」

「體操。」

「體操？機械體操嗎？」

「嗯。」

「哦，那麼……」

加賀似乎想說些什麼，卻沒找到合適的話語。每次眞智子提起女兒在學機械體操，大多數人都是相同反應。

「這樣說來，妳是獨自扶養女兒？」

「是的。」

「想必很辛苦。妳的工作是……？」

「最近我在會計事務所當行政人員，每週會去舞蹈教室教三堂課。今天有課，所以較晚回家。」

「每週三次指的是……？」

「週一、三和五。」

加賀點點頭，寫在記事本上。

「唔，然後……」加賀抬起頭，大拇指比向後方，也就是眞智子的房間。「妳和毛利周介是什麼關係？」

忽然聽到毛利的名字，眞智子詫異地睜大雙眼。

「我們從駕照得知他的身分，」刑警彷彿看穿眞智子的疑惑，「也從名片知道他任職於百貨公司的外商課。」接著，加賀繼續問：「你們有何關係？還是素不相識？」

「我們很熟。與其說很熟……」她嚥下唾沫，仍覺得口乾舌燥，「其實我們非常親密。」

「換句話說，你們正在交往？」

「是的。」眞智子回答。

「何時開始？」

「大約半年前。」

「他經常到府上嗎？」

「偶爾。」

「他原本預定今天要來嗎？」

「不，我沒聽他提起。平常他會事先告訴我，不過臨時過來的次數也不少。」

「原來如此。」

加賀緊盯著眞智子，彷彿想從她的表情看出蛛絲馬跡。眞智子不由得垂下目光，忽然擔心起自己現在的模樣，像失去情人的女人嗎？這種時候是不是該流淚？還是該陷入半瘋狂的狀態？可惜她辦不到，演技不夠精湛。

「你們有婚約嗎？」

「沒有，怎麼會……」

實際上，眞智子不曾考慮和毛利周介結婚。

「毛利先生有妳們家的鑰匙嗎？」

「有。」

「令嫒手上也有一副鑰匙吧？」

「是的。」

「還有誰？」

「其他就沒有了。」

「一般租房子時，房屋仲介商頂多只會提供兩副鑰匙，所以妳另外打一副？」

「給他的是三個月前打的備份鑰匙。」

「記得是哪家店嗎？」

「我記得，是附近一家鎖店。家裡的電話簿上有他們的聯絡號碼。」

「待會兒請告訴我。」加賀筆記後，放低聲量問：「那麼，對於這次的不幸，妳有沒有任何線索？」

「線索……嗎？」

眞智子拚命思索，試圖回溯最近和毛利周介的對話內容。言談之間，或許隱藏著某人企圖置他於死地的訊息，可惜什麼也想不起來。眞智子赫然發現，這陣子和他幾乎不曾深入交談，淨是空洞乏味，毫無意義的話語。

她只能搖頭，「沒有。」

「這樣啊。現在要妳提供線索，的確有些強人所難。」加賀應道。是在安慰她嗎？眞智子搞不清楚。

此時，走廊盡頭的電梯門開啓。這是一棟七層公寓，他們在三樓。

踏出電梯的是理砂。她身穿運動服，肩揹小運動包，一頭長髮束成馬尾。大概是察覺氣氛不尋常，她停下腳步，流露困惑的眼神，但目光很快轉向眞智子。見母親和陌生男人在一起，她立刻浮現警戒的表情。

「是令嬡嗎？」加賀注意到兩人在交換眼神，出聲問。

「是的。」眞智子回答。

「需要我說明嗎？還是妳想親自告訴她？」

「不，我來就好。」眞智子走近女兒。理砂待在原地，注視著母親。

眞智子深吸口氣。

「我跟妳說，家裡似乎遭強盜入侵。」

理砂毫無反應，面對母親轉動著眼珠子，半晌後才輕呼：「咦？」

「就是強盜。然後，妳知道毛利先生吧，他……」

眞智子猶豫著該如何接下去。她努力思索較溫和的說法，卻怎麼也想不出來。爲難之際，理砂主動開口：「毛利先生怎麼了？」

「嗯，他……被殺了。」眞智子語帶顫抖。

理砂依舊沒太大反應，眞智子不禁懷疑她沒聽清楚。

接著，理砂應了一句，「這樣啊……」

她似乎並未受到驚嚇。難道現今的孩子不把這種事放在眼裡嗎？還是純粹沒有眞實感？

眞智子察覺有人站在身後。

「聽說妳去運動俱樂部上課？」加賀問。

理砂抬起和小巧臉龐相比顯得碩大的雙眸，用力點頭。看來，沒必要向她說明此人是刑警。

「妳今天幾點出門？」

「早上就出門到現在。」

「到現在？」

「放學後我直接去運動俱樂部。」

「意思是，妳今天剛回家？」

「對。」理砂答道。

「平常大多是這樣。」眞智子從旁插話。

加賀點點頭，沒多說什麼。

此時，眞智子家的大門打開，另一名刑警探出頭。

「加賀刑警，能不能請太太進屋？」

加賀微微舉手表示了解，而後詢問眞智子的意願。她雖然答應，卻有些遲疑。

「不好意思，我女兒……」

眞智子不希望理砂目睹屍體。

加賀彷彿看穿她的想法，交代年輕刑警「就在這裡向她女兒問話」，接著對眞智子說：「那麼，麻煩妳了。」

## 3

眞智子和理砂的住處，就是俗稱的2LDK，一進門便是廚房兼餐廳。眞智子自認整理得井然有序，然而，原本擺在餐桌上或餐具櫃的物品，幾乎都散落一地。有些摔得破爛，有些弄髒地板。完好無瑕的，只剩結婚時收到的時鐘。

餐廳後方是兩個約三坪的房間。右側是西式房間，左側是和室。敞開門的西式房間，其實是理砂專用的，擺著小床、書桌和書櫃。一名刑警在裡頭走動。

和室與餐廳之間的紙門已遭拆除，靠放在流理台旁。門上的和紙殘破，慘不忍睹，部分門框斷裂。

牆邊並排著兩座衣櫥，房間益發顯得窄小，就寢時必須從櫥櫃拉出墊被。爲理砂買單人床前，母女倆總是鋪兩條墊被，親暱地睡在一塊。

衣櫃的抽屜全被拉開，翻出衣物。她最喜歡的洋裝裙襬垂落在榻榻米上。這還不是最糟的。牆上的畫掉落，玻璃破裂，像是某人抓狂失控，暴力破壞後的凌亂狼藉。

和室的中央，有一團罩著藍毛毯的硬物。眞智子曉得，那是手腳蜷曲的毛利周介。一名刑警屈膝彎身，注視著榻榻米，大概在尋找歹徒遺落的物品。當然，也可能是另有目的，只是眞智子不知道。

指揮搜查的是個滿臉皺紋的瘦削男人，名叫山邊。

「發生這樣的事情，眞是遺憾。」山邊嚴肅地開口。

眞智子默默垂下目光，又不禁暗暗想著，這種時侯，是不是掉眼淚比較好？

「妳現在一定心煩意亂，情緒低落。不過，爲了能早日將凶手逮捕歸案，希望妳盡量協助調查。」

「是……我該怎麼做……」

「首先，請檢查是否有物品失竊。不排除是強盜入侵。」

「啊，好的。」

回答得乾脆，眞智子卻不知從何檢查起。家裡根本沒值錢的物品，她也不會擺放不必要的現款。不過，她仍裝模作樣地拉開抽屜，查看寒酸得不好意思讓刑警瞧見的飾品。只是，山邊的話在腦海中迴盪。「不排除是強盜入侵」，若非強盜入侵，警方認爲是怎麼回事？

「如何？」加賀詢問：「有沒有異狀？」

「沒有。」美智子關上抽屜，緩緩走向化妝台，拉開最下方的抽屜，輕嘆一聲。

「怎麼？」

「存摺不見了，我通常都放在這裡。」

「印章呢？」

「也沒找到。」

「記得是哪家銀行、分行名稱和帳號嗎？」

「我記得。」

眞智子從錢包抽出提款卡，告訴加賀。他馬上筆記。

此時，另一名刑警走近，向山邊耳語。山邊輕輕點頭，望著加賀嘆道：

「總部的人來了。」

加賀看著眞智子，語帶歉意。

「等一下他們應該會問妳同樣的問題，請見諒。」

「沒關係。」

眞智子心想，不管幾十遍或幾百遍，反正只要重複相同的話就好。

警視廳派來的中年刑警，是個以執拗態度訊問的男人。他甚至對自己能夠從不同角度追問同一件事感到沾沾自喜。

「再確認一次，妳下午五點左右步出會計事務所，到書店和百貨公司閒逛，差不多在下午七點抵達舞蹈教室。上完課，九點過後離開，約九點半踏進家門。沒錯吧？」

「應該沒錯。」

「舞蹈教室在車站前，妳都走路上下課？」

「是的。」

「會計事務所的上班時間是早晨九點到下午五點。妳都沒外出嗎？」

「偶爾會外出，不過今天沒有。向事務所的人打聽就知道。」

「舞蹈課呢？會趁空檔溜出來嗎？」

「不可能。」

「確定？」

「是的。」

「那麼，問題就出在五點到七點。這段期間妳都一個人？沒打手機給誰嗎？」

「我始終一個人，一通電話也沒打。」

「如果妳能想起去過哪些商店，將有助於調查。」

「當時我心不在焉地隨便亂走，實在記不太清楚。抱歉，提不出不在場證明。」

「不，我們不是在懷疑妳。」

本間刑警的這句話，眞智子不怎麼相信。要是沒起疑，爲何會說五點到七點之間的不在場證明是「問題」？

茶几上的時鐘顯示，現在已十一點半。這種狀態會持續到什麼時候？隔著餐桌與刑警面對面，眞智子暗暗想著。

「對了，妳看過這個嗎？」本間刑警出示一張無人簽收的宅急便招領單，「似乎是掉在玄關門口。」

「不，我沒看過。」

招領單上註明，下午七點多送貨員到達時，因無人應門，於是攜回包裹。眞智子解釋，寄件的是以前的同事。日前她打電話告訴眞智子，會寄歐洲旅遊買的土產給眞智子。

「向宅配公司確認，他們表示送貨員七點十分左右來過，怎麼按鈴都沒人回應，大門也緊鎖，只得將招領單夾在門縫。」

「那麼，招領單肯定是在他開門時掉落。」眞智子口中的「他」是指毛利周介。

「或許吧。不過……」本間目不轉睛地盯著眞智子，「搞不好送貨員抵達時，毛利周介已遇害身亡。」

「當時大門鎖著吧？」

「據送貨員的描述，確實如此。」

「可是我回到家時，大門並未上鎖。這樣的話，會是誰開的鎖？」

「說不定是凶手。」本間撇撇嘴角，「行凶後，潛藏在屋內的凶手從大門逃逸。」

「那就……」眞智子突然閉口。

「怎麼？」刑警問。

「不，沒什麼。」她含糊帶過。

其實，眞智子原想說：那就表示凶手在屋裡待到七點多，所以七點多有不在場證明的人不會是凶手。然而，她意識到自己這麼說很怪，隨即打住。

待現場的鑑識工作結束，已接近凌晨十二點。搜查人員全部撤離，只剩練馬警署的加賀刑警。

「今晚妳有何打算？」加賀問。

「你指的是……？」

「要在家裡過夜嗎？」

「啊……」

連身爲大人的眞智子都不想睡在屍體倒臥的房間，何況理砂還是個孩子，不可能勉強她。

「池袋有一間價格公道的商務旅館，我幫忙問問吧。」

「方便嗎？」

「別客氣。」

加賀當場打手機聯絡旅館，接著表示要開車送眞智子與理砂過去。雖然眞智子婉拒，加賀卻沒退讓。

「我開自用車過來，回家也順路。」

「這樣啊……」

眞智子擔心執意拒絕太不近人情，只好答應。

那是一輛黑色雙門轎車，眞智子不清楚車型。

「接受馬拉松式的輪番訊問，很辛苦吧？」加賀單手操控方向盤，開口道。

「與其說辛苦，主要是摸不著頭緒……眞有點累。」

「第一次的搜查十分重要，警方常會疏忽，沒能顧及關係人的狀況。」

「嗯，這也沒辦法。不過，總覺得……」眞智子閉口不語。

「遭到懷疑不太好受吧？」

聽見加賀的話，眞智子不禁望向他的側臉，有種被看穿的感覺。

「這不代表警方已掌握證據。依搜查的經驗，徹底調查屍體的第一發現者或與被害者有親密關係的人，通常會有不少收穫。」

「這麼說來，兩個條件我都符合。」

「是的，但大多數員警並未懷疑妳。」

「爲什麼？」

「這一點不能講得太明白。」加賀先表明立場，「妳曉得毛利先生的死因嗎？」

「不，我不是很清楚，只無意間聽到員警說脖子被勒住……」

「沒錯。他是遭繩索勒斃，而且凶手非常用力，脖子留下頗深的痕跡。」

「他沒反抗嗎？」

「應該是有。繩屑嵌陷在指甲縫中，必須仔細調查，才能得知是哪種繩子。此外，死者頑強抵抗仍慘遭勒斃，足見凶手的力量是多麼大。毛利先生體格魁梧，加上依現場的狀況研判，應該激烈掙扎過。所以，多數警員不認爲凶手會是像妳這樣嬌小的女性。」

「加賀刑警怎麼想？」眞智子問。

「我嗎？」加賀直視前方，沉默半晌。此時，交通號誌恰恰變成紅燈。直到燈號轉綠，他才回答：「憑妳的力量要勒死毛利先生，實際上是不可能的吧。」

拐彎抹角的說法，眞智子頗爲在意。不過，她決定不要提出質疑。

「舞蹈教室下課後，妳曾淋浴或洗澡嗎？」加賀問。

「沒有。」眞智子邊回答，邊納悶刑警這麼問的用意。

「這樣啊。那麼，到旅館後最好先沖個澡，盡早休息。」

「我會的。」

「妳教舞很久了嗎？」

「從念短大時開始。」

「那教學經驗想必十分豐富。小時候曾夢想當舞者嗎？」

「當舞者……」眞智子舔舔唇，繼續道：「是我的第二志願。」

「第二志願？那第一志願是什麼？」

眞智子頓時沉默。加賀見狀，似乎產生了誤解。

「抱歉，我太沒同理心。」

「哪裡……」

她暗忖，若說成爲奧運體操選手是第一志願，不知刑警會露出怎樣的表情？然而，她選擇保持沉默。

「令嫒睡著了嗎？」

眞智子回望後座，發現理砂並未睡著。她背靠座椅，看向母親。對上女兒的視線，眞智子緩緩眨眼。

## 4

翌日，眞智子在旅館附設的咖啡廳與理砂一起吃早餐。理砂準備要去上學。

「身體狀態如何？有沒有受傷？」眞智子注視著將火腿蛋送進嘴裡的女兒。

「嗯，不要緊。」理砂回答：「媽，昨晚睡得好嗎？」

「不必擔心媽媽。倒是妳，昨晚睡得如何？」

「嗯，很久沒睡得這麼沉。」

「那星期日沒問題嘍？」

「沒錯，到時候看我的。」

理砂笑著咬下吐司。昨天發生那種事，她卻似乎完全不記得。眞不明白她是怎麼轉換心情的，眞智子覺得自己的孩子簡直像外星人。

忽然間，理砂的笑臉一沉，覷向門口。眞智子順著她的目光望去，發現加賀刑警正走過來。

「果然在這裡。打電話到房間，妳們不在。」

「您眞早起啊。」眞智子語帶嘲諷。

「我想在令嬡上學前，跟兩位見個面。」加賀看著理砂。理砂視若無睹，逕自舀湯喝。

加賀指著她們圓桌旁的空椅子，「我能坐這邊嗎？」

「請坐。」眞智子回答。她原本就沒食欲，現在更是胃口全失。

「昨晚休息了嗎？」

「雖然睡不太著，不過我盡量不去想這件事。」

「是嗎？這樣也好。」加賀點點頭，再度望向理砂，「我以爲今天令嬡會跟學校請假。」

「不能讓孩子單獨待在旅館，何況我有很多事情得處理，沒辦法顧著她。」

「的確。」

加賀表示理解。理砂依舊沉默，兀自咀嚼食物，瞧也不瞧刑警一眼。

服務生前來點餐，加賀要了一杯咖啡。

「幾件事想和妳們確認。」刑警說道。

「什麼事？」

「這是剛剛得知的消息。昨天傍晚，正確來講是傍晚五點半到七點前，妳們家外面在進行電路修繕工程。」

「工程？」

「是維修工程。妳不知道嗎？公寓管理員說，他曾把這項工程的通知單投入住戶的信箱。」

「或許我看過，卻忘記了。」

這是事實。由於是老舊的公寓，經常進行各種維修。要是每一項都放在心上，日子可不好過。

加賀觀察理砂的表情。

「妳不曉得住處外面在施工嗎？」

「那段時間我不在家。」理砂低著頭回答。

「哦，對了，放學後妳直接前往運動俱樂部。」

加賀轉向真智子。

「工程負責人員表示，施工期間沒人從妳家出來，也沒人進去。換句話說，無論凶手或毛利先生，不是在五點半施工前，就是在七點半施工結束後才進出妳家。我想請教的是，毛利先生以往曾在下午五點半前造訪嗎？」

「唔……」眞智子思索片刻，應道：「不會，因爲他白天很忙。」

「會不會只有每週三例外？」

「不，那種情況……」

「從沒發生過嗎？」

「是的。」眞智子回答，卻心虛得手腳發軟。

加賀拿出記事本翻閱，像是在確認什麼。翻到某頁時，他忽然停下手，一臉嚴肅地盯著。不知究竟是怎樣的內容，教人渾身不自在。眞智子暗忖，或許這是警方與嫌犯過招的技巧。

服務生送來加賀點的咖啡。他目不轉睛地注視記事本，沒加糖或奶精，直接啜飲黑咖啡。

「毛利先生身上的遺物中有一本萬用手冊，寫著預定的工作行程。依手冊上的紀錄，他每週三會固定前往某家餐廳談公事。我們已向餐廳職員確認過，他通常是下午兩點左右抵達，待到四點左右，昨天也一樣。問題在於，其實餐廳和妳們住的公寓近在咫尺，開車只需幾分鐘。按照常理，離得這麼近，難免會想見情人一面吧？」

「或許他知道白天我不在家。」

「可是，會計事務所不是五點下班嗎？加上公司和住家不遠，若下班不逗留，大概五點二十分就能到家吧？舞蹈教室七點才上課，又在步行可及的距離，你們至少能獨處一個小時以上。何況，毛利先生有備份鑰匙，先去妳家等也不奇怪。」加賀的語氣充滿自信，彷彿親眼目睹兩人見面的情形。

「事實上，他就是不曾這麼早過來。即使你這麼說，我也無可奈何。」

「那爲什麼只有昨天提早去妳家？」

「所以，我認爲他沒提早前來。你剛提過，工程持續到七點左右吧？他應該是施工結束後才來的。」

和刑警相比，眞智子的話聲明顯氣勢不足，她不禁心浮氣躁。不過，她提醒自己，至少不能讓事態變得更糟。

「我明白了。」加賀點點頭，睇向理砂。

雖然沒在進食，理砂仍低著頭。

「那麼，不曉得兩位看過這個嗎？」加賀拿出一張拍立得相片。相片上是一束打包用的繩子。

「我看過。」眞智子答道。

「也對，畢竟是放在妳家櫥櫃的東西。」

加賀似乎想窺探眞智子的反應，她定睛回望。

「大概吧，有時打包物品或綑綁舊報紙會用到。」

「鑑定結果顯示，照片中的繩子和毛利先生頸子上的勒痕完全一致。」

聽著刑警的話，眞智子心頭一驚。

「然後呢？」她強作鎭定，「你想說什麼？是我們殺了他嗎？」儘管壓低音量，話聲卻不住顫抖。

加賀雙眼圓睜，詫異地猛搖頭。

「我沒這麼說。可能是凶手事先準備同樣的繩子，也可能是恰巧發現繩索，順手拿來當凶器。只是，有一點我頗爲在意。」

「哪一點？」

「我們在妳家的垃圾桶裡，找到疑似包裹繩索的玻璃紙。這代表繩索是新買的，最近剛拆封。是妳拆的嗎？」

「這個……」眞智子的腦海頓時浮現各種想法，「想起來了，是我拆的。前天綁舊雜誌用的。」

「綁舊雜誌？記得用掉多長的繩子嗎？」

「我哪記得這種事。我什麼也沒想，只是將疊成一落的雜誌一圈圈綁起來。」

「雜誌的數量有多少？」

加賀提出一個奇怪的問題。由於猜不透他的企圖，眞智子有些焦躁。

「大概……對，二十本左右吧。」

「假如是二十本，頂多用掉一公尺到兩公尺的繩子。沒用在其他地方嗎？」

「沒有，後來就直接收進櫃子了。」

「這樣啊，但仍然不太對勁。」加賀疑惑地偏著頭。

「你指的是……？」

「嗯……其實，經過調查，這捆繩索用掉二十多公尺。不是二十公分，而是二十公尺。對此妳有何看法？」

「二十公尺……」

「依妳剛剛的描述，我們只能認定多出的繩子是凶手用掉的。不過，二十公尺的繩子當凶器未免太長，究竟是作何用途？」

眞智子答不上來，於是保持沉默。

「另外，還有一點挺匪夷所思的。」

聽見加賀這句話，眞智子不禁提高警戒，「什麼？」

「妳家遭翻箱倒櫃，一片凌亂，鄰居卻沒人聽到打鬥聲，更別提物品摔落或毀壞的聲響。妳覺得是怎麼回事？」

「這……也許是湊巧都不在家。」

「是嗎?不過,妳家隔壁的太太昨天可是都沒出門。」

「這種事……我哪會知道。」說著,眞智子假裝瞥一眼手表,催促理砂起身,「不好意思,我們先走一步。這孩子上學快遲到了。」

「啊,這倒是。抱歉耽誤妳們的時間,我送兩位去學校吧?」

「不,不必了。」眞智子逕自拉著理砂的手離開。

加賀肯定是在懷疑她們母女,只是不曉得他有何依據。

不管怎樣,一定要想辦法挺過去,絕不能在這裡栽跟斗。她說什麼也要全力守護和理砂兩人三腳的生活。

## 5

送理砂到學校後,在返家的路上,眞智子的手機響起。她看一眼來電顯示,立刻知道對方是誰。雖然眞智子不想和他交談,卻不能置之不理。於是她走到路旁,按下通話鍵。

「喂?」

「哦,眞智子嗎?是我。」

「嗯。」

原來是離婚的前夫。他總是直呼眞智子的名字，雖然感到不快，但她沒抱怨過。

「妳那邊的情況是不是不太好？」

「你知道了？」

「剛剛警視廳的刑警來過，問我許多問題。」

「是嗎……」

警方採取這樣的行動也是理所當然。比起隨機闖入民宅的強盜案，往和楠木母女有關的人侵入的方向思考更合理。由於遇害的毛利和眞智子是情侶，要說誰會對他懷有恨意，前夫必定在名單上。

「要是造成你的困擾，很抱歉。」

「不，沒關係。幸好我有不在場証明，刑警似乎也沒懷疑我。」

「那就好。」

「不過，理砂不要緊嗎？受到不小的驚嚇吧？」

「她表現得十分開朗，實際情況不清楚，但內心應該不平靜。」

「那倒也是。」他停頓半晌，又道：「我今天有空。」

眞智子頓時一陣憂鬱。她曉得前夫想說什麼。

「然後呢？」

「欸，所以，今天需不需要我過去那邊，妳們很累吧？」
「嗯，滿累的。但沒問題的，我們應付得來。」
老實說，這種時候離異的丈夫跑來，只會讓情勢更混亂。
「是嗎？萬一遇到困難要告訴我，千萬別客氣。我會盡力幫忙的。」
久違的前夫話聲裡充滿溫柔，想必是眞的在擔心。眞智子緊繃的神經差點鬆懈，然而，走到這一步已不能再倚靠他。
「謝謝。有話要我轉告理砂嗎？」
「唔，幫我告訴她，如果願意就打電話給我吧。」
「知道了。」
「那麼，要堅強啊。眞的不用跟我客氣。」
再次道謝後，眞智子掛斷電話。
她邊走邊回想和前夫在一起的日子。兩人要是沒生下像理砂一樣的孩子，會過得更順遂些吧。
前夫是任職於貿易公司的平凡上班族。當年他求婚時，眞智子同樣是普通的粉領族。婚後，眞智子就是個普通的妻子。不久，理砂出生，她成爲普通的母親。然而，隨著理砂長大，眞智子心底的欲望開始膨脹。

理砂具備天才級的運動神經，至少在眞智子眼中是如此。自理砂站立學步起，眞智子就確信，這孩子遺傳到她的基因，比她更有才能。無論是平衡感、柔軟度或瞬間爆發力，無一不是頂尖的。

眞智子提議送女兒去學體操，丈夫反對。最大的理由是危險，他希望理砂能像一般的孩子一樣成長。

「你什麼都不懂。現在不讓理砂學體操，會埋沒她難能可貴的天賦。」

「別講得這麼誇張，又不可能參加奧運。」

「不，既然讓她學，目標就是參加奧運，這不是當然的嗎？」

「那是妳的妄想。」

「要是沒受傷，我差一步就能實現你所謂的妄想。」

兩人爲此爭吵無數次，最後眞智子強行帶理砂去運動俱樂部。和她是舊識的俱樂部會長，一眼看出理砂的天賦。

「這孩子得細心栽培啊。」聽到這句話，眞智子高興得快流淚。

從那天起，母女過著兩人三腳的日子。無論飲食、作息、居住環境等一切的一切，眞智子的生活幾乎變成以理砂的訓練爲中心。無可避免的，眞智子的眼中漸漸看不到丈夫的身影。她對丈夫的要求，僅止於提供能夠培養理砂的環境，及維持下去的經濟力。

「妳究竟把家當成什麼？妳以爲犧牲家庭生活，理砂就會幸福嗎？」有一天，丈夫終於忍不住破口大罵，要她們放棄體操。

「支持理砂盡情發揮才能，哪裡不對？一旦成功，理砂便能獲得幸福。理砂的幸福，不就是我們的幸福？你不認爲嗎？」

「那不是幸福。」

「你太自私了。」

「到底是誰自私？」

直到那一刻，眞智子才察覺丈夫隱忍許久。他的工作忙碌，只能在假日和女兒相處。然而，連假日僅有的快樂也遭到剝奪。他想必很羨慕那些被家人纏著陪伴的父親。

眞智子早就發現丈夫在外面有女人。可是，她並未戳破，甚至覺得這樣反倒比較不礙事。她沒有多餘的心力照顧丈夫。

不過，眞智子終究還是提出離婚。她不願理砂看著父母每天爭吵。

考慮一晚後，丈夫點頭同意。他似乎也想不出更妥善的解決之道。

「我輸給妳了。」他沒好臉色地說道：「可是，話講在前頭，要是理砂陷入不幸，我不會原諒妳。」

「那是絕對不可能的。」眞智子強硬地回答。

離婚後，她更熱衷於培養女兒成為體操選手。理砂彷彿是她生存的唯一目的，俱樂部裡的人稱她為「鬼媽」。只要是與體操有關的事情，她都毫不妥協。

然而，眞智子不曾板起面孔教訓理砂。她最害怕的，就是理砂對體操失去興趣。即使理砂偷懶沒去練習，她也不會斥責，而是動之以情，訴說媽媽多麼期待，又懷抱多麼遠大的夢想，最重要的是，媽媽多麼為理砂著想。

固然曾經覺得母親的期許是種負擔，但隨著時間過去，理砂也和眞理子編織起相同的夢想。如今，她自動自發勤練體操，進軍奧運的夢想已化為具體成果。

想到這裡，眞智子不禁咬緊嘴唇。

和理砂的兩人生活進入第五年，眞智子漸漸有些鬆懈。理砂的技術顯著提升，已沒有眞智子指導的餘地，她不免感到寂寞，加上一成不變的生活磨鈍了神經。講得通俗點，就是她渴望刺激。總之，趁她內心空虛，有個男人適時出現。

眞智子透過跟著她學舞的主婦認識毛利周介。那名主婦熱心地告訴眞智子，「經由百貨公司的外商人員購物，不論什麼商品都能便宜買到。何況，在這家百貨公司消費能享有各式各樣的折扣優惠。」雖然不怎麼感興趣，不過礙於人情，眞智子只好請她牽線，最後前來的就是毛利。

毛利是個說話穩健，感覺很好的男人。實際上，毛利小眞智子一歲，但舉止非常穩重，初次見面時，眞智子還以爲他較年長。

可是，眞智子並未一見鍾情，而是見了幾次面後才漸漸墜入情網。向外商部訂貨，通常隔天毛利就會送到家裡。對於每天繁忙，無法悠哉購物的眞智子，是相當體貼的服務。因此，毛利造訪眞智子家的機會自然增加許多。

當初究竟是誰引誘對方的，如今已不好說。倘若毛利還活著，大概會笑嘻嘻地回答：「是妳先開始的。」不過，眞智子能夠斷言，是他先吻上來的。

毛利有過一段婚姻，兩年前離異。他毫不隱瞞地告訴眞智子原因是外遇被抓包，並坦白現在名下幾乎沒有財產就是支付大筆贍養費所致。然而，眞智子認爲他們沒有孩子，贍養費的金額應該不至於太多。

就算是開玩笑，毛利也不曾向眞智子求婚。對此，眞智子倒是很坦然。她帶著快升國中的女兒，歷經一次失敗婚姻的男人，怎麼可能認眞考慮和這樣的女人在一起？眞智子常常告誡自己，毛利是一時興起，才會和她交往。現下純粹是身邊恰恰少一個能夠滿足他性欲的合適女人。他圖的只是解決生理需求，及眞智子辛苦賺來的微薄薪水。所以，眞智子不斷自我提醒，絕不能陷得太深。她有理砂。理砂第一，愛情第二。

既然注定沒有結果，眞智子也想過乾脆趁早分手，要實行卻不容易。毛利一找上門，眞智子就會讓他進屋；他一索求，眞智子便順從地投懷送抱，心中甚至有些高興。客觀來看，毛利並不特別有魅力，終歸是她太寂寞，眞智子帶著幾分自虐分析。之所以和這種男人維持關係，是爲了證明她仍未放棄當女人……

看到毛利的屍體時，與其說是悲傷，眞智子反倒鬆了口氣，有種不用再爲多餘的事痛苦的安心感。

不過——

或許已經太遲了。

## 6

回顧案發至今的歷程，眞智子暗暗祈禱千萬別再節外生枝。昨天刑警沒上門，希望今天、明天，之後的每一天，警方都不要來找她們的麻煩。

體操競賽借用區內某私立高中的體育館當會場。眞智子聽說不僅設備完善，觀眾席還能盡覽全場。可是，比賽就要開始，偌大的觀眾席上竟然沒幾個人。她在最前排坐定，從皮包拿出記事本和原子筆，以目光搜尋理砂的身影。理砂和其他孩子一起拉筋暖身。眞智子原本想去女兒身邊加油打氣，最後決定作罷。

忽然，眞智子察覺有人靠近。轉頭一看，加賀正要在鄰座坐下。

「加賀刑警……你怎麼會來這裡？」

「我想看比賽。不行嗎？」
「不，只是……」
「裡面滿熱的。」他說著脫下外套，從便利超商購物袋拿出罐裝咖啡，「要喝點飲料嗎？」
「不，我還好。」
「那我就不客氣了。」他打開拉環，「我第一次在現場看體操比賽。」
「哦，這樣啊。」
「我偶爾會看電視轉播，日本的女子體操近年的情況似乎不太妙。」
要是在平常，眞智子一定會嚴詞反駁這種外行人的淺見，但她此刻沒心情。
這個刑警爲何會出現？坐在她旁邊，想談些什麼？不等眞智子理出頭緒，刑警先一步開口。
「找到那家蕎麥麵店了。」刑警看一眼眞智子。
「蕎麥麵店？」
「是的，蕎麥麵店。案發當天中午，毛利先生用餐的蕎麥麵店。我們從胃裡的殘留物得知他吃過蕎麥麵，卻不清楚他用餐的地點。由於工作需要，他白天總是開著公司的小貨車繞行東京市區。」

「警方居然有辦法查出來。」眞智子並未想太多。
「運氣很好，在胃裡找到紅燒鯡魚肉。」
「鯡魚？」
「妳知道鯡魚蕎麥麵嗎？」
「不曉得。」眞智子搖頭。她確實不知道。
「就是在蕎麥麵裡放入紅燒鯡魚。聽說在關西是相當平常的食物，在這邊倒是少見。聽到在被害者胃裡找到紅燒鯡魚和蕎麥麵的殘留物時，一名京都出身的刑警便懷疑他中午吃的是鯡魚蕎麥麵。請教過毛利先生的同事，他確實嗜吃鯡魚蕎麥麵，還曾抱怨這邊沒有道地的鯡魚蕎麥麵店。於是，我們調查東京地區的蕎麥麵店，挑選出以鯡魚蕎麥麵爲招牌餐的店家，帶著毛利先生的照片走訪。其中一家的店員認得毛利先生的長相。」
「原來是這樣。」
眞智子想起毛利的老家在大阪。交談時毛利偶而會夾雜關西腔，她並不討厭。
「毛利先生是在下午兩點左右走進那家店。由於兩點到五點不營業，他搶在休息時間之前進去點用鯡魚蕎麥麵，所以店員記憶深刻。」
「他吃蕎麥麵和案件有什麼關係？」眞智子有些煩躁地問。
「這和推定死亡時間有關。」加賀回答：「只要釐清用餐時間，就能從消化狀態推斷出接近的死亡時間。解剖報告明確指出，毛利先生是在吃完鯡魚蕎麥麵的四小時內遇害。倘若他是在兩點吃麵，六點以前便已遇害身亡。」

「看來似乎是如此。」

「於是，電路工程負責人員指稱五點半到七點鐘前沒人出入妳家的證詞，就變得非常重要。由此可見，五點半前毛利先生已在屋裡。除了毛利先生，凶手也一樣。那麼，這段時間誰沒有不在場證明？」

「你是想說楠木眞智子嗎？」

「還有理砂小姐。」

「太離譜了。」眞智子氣憤地反駁，「你是怎麼胡亂牽扯，才想出這種荒謬的答案？有證據嗎？」

加賀嘆口氣，搔搔眉間。

「妳們抱過金吉拉吧？」

「咦……」

「就是那隻貓。星期三早晨，妳們不是抱過附近藥局的貓？」

「那又怎樣？」

「那隻貓的毛，沾黏在死者身上。」

啊，眞智子不禁叫出聲。

「星期三之前，那隻貓並不住在這條街。毛利先生身上沾黏著貓毛，代表妳或理砂直接或間接和他接觸過。」

## 7

選手開始進行賽前練習，理砂正在確認跳馬的高度。然而，眞智子只是茫然望著她的身影。

眞智子絞盡腦汁想找出脫困的方法，卻無計可施。這個名叫加賀的刑警，彷彿下象棋布陣擒王般，不疾不徐、縝密確實地將眞智子逼進牆角。

她心知肚明，拖延求生的戰術終究是場夢。

眞智子長嘆一聲，垂下雙肩。

「看來是……沒辦法了。」

「能不能告訴我實情？」

「嗯。」她再度嘆氣，「人是我殺的。」

「妳？」

「是的。那天，會計事務所下班後，我直接回家，因爲我約他談事情。我發現他另有女人，想問個清楚。要是他低頭道歉，我原本打算原諒他。可是，他非但不道歉，反而態度驟變，破口大罵，說是爲了錢才勉強跟我交往。我一時氣不過就……」

「勒住他的脖子？」

「是的。」眞智子點頭承認。

「動手後，我感到非常害怕，不知如何是好。總之，我想著得先離開，要煩惱再煩惱。」

「可是屋外應該還在施工。」

「沒錯，所以我只好屏息斂氣，等待施工結束，確定外面空無一人才出去。」

「那大概是幾點鐘？」加賀問。

「七點左右。」

「原來如此。」

「在舞蹈教室上課時，我滿腦子都在思考怎麼處理屍體，最後決定布置成強盜入侵殺人的樣子。」

「那麼，妳說大門沒上鎖是騙人的？」

「對。瞥見宅急便招領單時，我靈機一動。要是一切順利，就能讓人誤以爲凶手是在七點之後逃離的。」

「妳想僞造不在場證明。」

「是的。不過，現在看來是白忙一場。我不知道檢驗胃裡的殘留物，便能這麼精確地推算死亡時間。」接著，眞智子噗哧一笑，「我壓根不曉得他喜歡鯡魚蕎麥麵……」

「作爲凶器的繩子呢？」

「收成一捆扔進車站的垃圾桶了。」

「爲什麼要用到二十公尺？」

「因爲……擔心我不在家時他突然甦醒，便想把屍體綁起來。」

「但妳沒這麼做？」

「嗯，不管怎麼瞧都覺得他沒氣了。」

「不過，就算想綑綁屍體，二十公尺未免太長。」

「說得也是，我大概是驚慌過度。」

加賀點點頭，臉上卻不見認同的表情。他皺眉凝視眞智子的眼神，似乎透著悲傷。

「那是，」加賀問：「妳的第二志願嗎？」

「咦……」

「不好意思。」加賀說著，自然地伸出右手觸碰眞智子的頭髮，「修剪得很漂亮，什麼時候去的美容院？」

眞智子心頭一驚。

「這個嘛……是什麼時候呢……」

加賀的目光移到記事本上，接過話：

「妳常去的美容院『莎芭莉納』，就在妳上班的會計事務所附近。」

「你怎麼曉得？」

「從妳家的電話簿抄下來的。」

「幾時？」

「載妳們母女到池袋的飯店後。因爲我想知道妳常去的美容院聯絡方式。」

「爲何不直接問我？」

「我怕會打草驚蛇，也擔心會洩漏偵辦的方向。」

眞智子陷入沉默。的確，當時要是加賀問起，她一定會想對策因應。

「星期三妳去了美容院。」加賀平靜地繼續道：「妳想隱瞞也沒用，我們早就向美髮師確認過。那天妳應該是在下午五點半到六點半之間前往美容院剪頭髮，換句話說……」

加賀注視著眞智子，「毛利先生不可能是妳殺的。」

「不對，是我──」

「楠木女士，」加賀緩緩搖頭，「妳一開始就有完整的不在場證明，根本沒必要撒謊。需要僞造不在場證明的不是妳，而是她，對不對？」

加賀指著準備上場的理砂。

眞智子深呼吸後，開口：

「修理電路的工人不是已證實，當天下午五點半到七點鐘之間沒人走出我家大門？那孩子七點在運動俱樂部。從我家到俱樂部，再快也要三十分鐘，她有不在場證明。」

「那麼，請教一下，妳剛剛說發現屍體時大門其實鎖著吧？假設凶手既不是妳，也不是理砂，逃出屋外後怎麼鎖門？」

「這種事……」眞智子嚥下口水，「沒什麼好奇怪的。事實上，窗戶沒鎖，案發現場並非推理小說中描述的密室。我猜凶手是跳窗逃逸。」

聽完她的話，加賀的表情頓時和緩。

「妳說窗戶沒鎖，這是眞的嗎？」

「眞的。」

加賀大大點頭。

「我明白了，這樣所有謎團都已解開。如同妳的推測，凶手應該是跳窗逃逸。也就是說，她的確可能避開工人的耳目逃離。」加賀又指著理砂。

「不對，那孩子沒辦法勒死一個大男人。」

「雖然是個大男人，」加賀說道：「睡著也無力抵抗。」

「咦……」

「我們在令嫒的床上發現毛利先生的頭髮，大概是在等妳時，他不小心打瞌睡。令嫒見狀，趁機拿繩索套住他的脖子。只是，她的纏法不太尋常。她準備一條近二十公尺的繩索，三分之一繞在毛利先生的脖子上，剩餘的固定在柱子或門把等牢靠的地方，再抓著繩索兩端走出陽台。確認周圍沒有目擊者後，她便跳窗逃逸——」

加賀說明時，眞智子不斷搖頭。然而，她很清楚已無法否認，淚水不受控制地落下。

「即使是體格壯碩的毛利先生，忽然被少女拿繩索用盡全力勒住脖子，也很難招架吧。確認他不再動彈，理砂慢慢鬆開繩索一端。於是，繩索猛力擦過他的脖子，鬆脫開來。同時，理砂以最適當的速度下到一樓地面。對天才體操少女而言，這種程度的技能根本易如反掌。安全落地的理砂，將繩索拉下回收後，若無其事地前往運動俱樂部上課。」

「不是的。那孩子什麼都沒做。你有那孩子是凶手的證據嗎？」

「那麼，」加賀應道：「妳自稱凶手，又是爲了包庇誰？妳不惜成爲代罪羔羊，也要力保的究竟是誰？」

眞智子差點懾服於加賀銳利的目光下，雖然想反駁，卻說不出話。

「恐怕妳一看到命案現場，便曉得凶手是誰吧。妳不希望自己和理砂遭警方懷疑，所以故意翻箱倒櫃，把屍體移往和室。不過，妳心中早有覺悟，萬一紙包不住火，寧可自己被捕，也要保護理砂。因此，雖然妳有完美的不在場證明，卻沒告訴警方。那天送妳們去飯店時，要是我沒注意到妳散發出的洗髮精香味，或許妳的第二志願就能夠實現。」

「洗髮精……啊，這麼一提……」

「那天妳明明有上過美容院的跡象，行程中卻沒這一項。我覺得不太對勁，便試著調查。」

「原來是這樣。」

眞智子想起，加賀曾問她有沒有淋浴或洗澡。

「你從什麼時候……」

「無法準確地講是從什麼時候，進行各種調查的過程中，眞相便會逐漸浮現。倘若一定要給個答案，一開始聽妳的描述時，我就起了疑心。」

「一開始？」

「妳告訴我，回家後看見餐廳一片狼籍，便跑去和室，不料竟發現屍體，於是打電話報警，接著就靜靜等候警察到來，對不對？」

「是的。」

「要是一般人，一定會去查看西式房間吧。怎麼可能不擔心獨生女也慘遭毒手？」

聽完加賀的話，眞智子閉上眼。他說的沒錯。爲了將警方的注意力從眞正的凶殺現場引開，眞智子編造出這樣的證詞，卻帶來反效果。

「她的動機會是什麼？」

「那是……或許是報復我對她的背叛。」

「背叛？」

「我曾跟理砂約定，要同心協力邁向奧運。在理砂完成我未竟的夢想前，絕不爲其他事情分心。」

儘管和毛利交往後，眞智子自認仍把理砂擺在第一位，但理砂一定非常不滿吧。確實，她違背了「不惜犧牲一切成爲女兒後盾」的諾言。

「我曾衷心希望……」眞智子望著女兒的背影，理砂正走向平衡台。「那孩子能夠實現夢想。」

「總之，先守護著她吧。」

理砂跳上平衡台，大大展開雙臂挺起胸。

# 失算

## 1

厚重的雲層遮蔽了陽光，待在室外，空氣冷得皮膚陣陣刺痛。這種天氣，很少客人會特地來店裡。富士屋花店後方的工作檯上，女店員拿玫瑰裝飾著盆花。附近某間大廈的二樓，一家義大利餐廳新開幕，這便是祝賀的盆花。打電話來訂花的男顧客要求「適當以玫瑰增添華麗的氛圍」，預算卻讓店員感到洩氣。對方提出的預算，根本無法使用稀少的高價花材，頂多搭配一些滿天星。

「如今這麼不景氣，根本沒多餘的錢買花。」聽完訂單內容，店長無奈地說道。像這樣邊嘆氣邊講洩氣話已成為他的例行公事。

「真希望附近有人死掉，至少暫時有事做。」

「很沒良心耶。」女店員笑著罵店長，但她曉得這並非玩笑話。的確，只要有喪事，花店的生意就會比較好。

那位和喪禮有關的客人來店裡時，女店員手邊的工作恰恰進行到一半。

玻璃門打開，響起一聲「午安」。女店員抬頭望去，只見一名穿黑外套的女子站在門口。那是張熟悉的面孔，依舊帶著寂寞的神情。她的皮膚白皙、體態纖瘦，益發顯得落寞。

「歡迎光臨。」

客人微笑著環顧店內。

「你們店裡總是很溫暖。」

「是啊。不過，太暖和也不好。」

「或許吧。」

客人空手進來，但她注意到玻璃門外放著便利超商的白塑膠袋。不曉得她買了什麼東西，塑膠袋塞得鼓鼓的。

「今天也是同樣組合嗎？」

「嗯，以菊花爲主。」

「再搭配瑪格麗特。」

「對。」客人點點頭。

幾天前起，這位客人每天都會過來，而且固定只買菊花和瑪格麗特。

店長知道她的情況。上週她的丈夫死於一場交通事故。發生在車站前的那件事故相當嚴重，成爲街頭巷尾的話題。

客人買的花，大概是要供在靈前吧。想到這裡，店員不由得小心翼翼地挑選花朵，希望盡量給客人漂亮的成品。

店長送完貨返回，湊巧和拿著花束離開的客人前後腳進出店門。他瞥一眼工作檯上並排的花朵，說「看樣子坂上太太來過」，店員才想起那位客人姓坂上。

「對。」店員應道。

「一樣是買菊花和瑪格麗特嗎？」

「是的。」

「喔。」店長雙手交抱胸前，「眞可憐，還這麼年輕。今天經過那位客人的住家附近，房子很新，幸福的生活剛要展開，偏偏遇上不幸。」

「她長得這麼漂亮，一定能再找到好對象。」

「嗯，這倒是眞的。」

「店長要不要追追看？你們滿登對的。」

「別亂講。」店長擺擺手，表情卻不排斥。他明年就要四十歲，仍是孤家寡人一個。

## 2

奈央子抱著花和便利超商購物袋走回家門前，忽然聽到有人喊「坂上太太」。只見安部絹惠走出隔壁的庭院。

「啊……妳好。」奈央子低頭行禮。

由於兩人遷居的時間差不多，對很少與鄰居來往的奈央子而言，絹惠是唯一較親近的朋友。她比奈央子大五歲，有個剛上小學的兒子。

「妳去買東西？」

「嗯。」

「對了，要不要到我家喝茶？剛好有人送蛋糕。」絹惠親切地邀約，似乎想替服喪中的奈央子打氣。

「謝謝，不過我還有事。」

「是嗎？需不需要幫忙？一個人會不會忙不過來？」

她似乎認定奈央子所謂的「有事」，指的是法事。這也難怪，奈央子的丈夫逝世不過一週。

葬禮那天已順便將頭七的儀式一併完成，絹惠應當知道這一點。

「不，我得整理先夫的遺物。」

「哦……」絹惠點點頭，臉龐蒙上一層陰霾，「還是不要打擾妳比較好。」

「抱歉。」

「別在意。」

「那我進去了。」

奈央子準備打開大門時，絹惠又喊聲「坂上太太」。

「如果有困難，記得找我商量，千萬別客氣。我很想助妳一臂之力。」

「謝謝。」奈央子鞠躬致謝。

對方一定認爲她是失去摯愛丈夫的未亡人吧。或許她現在的處境，和無聊電視劇的主角重疊，所以對方也想在眞實上演的連續劇裡軋一角。當然，不能否認對方的確十分親切。

奈央子再次行禮才進屋。關上大門後，她忍不住嘆口氣。

把手上的東西放到沙發時，電話忽然響起。她渾身一僵，走過去接聽。

打來的是女子大學時代的朋友。兩人經常通話聊天，奈央子結婚前，她們還會相約觀賞演唱會或音樂會。一直獨身的好友終於在去年結婚，「沒想到婚姻生活這麼無聊」是她最近的口頭禪。

「現在方便嗎？」

「嗯，一下子的話還好。」

其實奈央子原本想說「不方便」，但這樣反而會引起對方的關切。

「心情如何？比較平靜了嗎？」朋友問。

「嗯，多多少少。」

「有沒有按時睡覺、吃飯？」

「覺有睡，飯也有吃。不用太擔心。」

「我很擔心。一旦情緒低落，妳就會癱著不動。」

在旁人眼中，奈央子似乎是個柔弱的女人。

「我眞的沒問題。要處理的事情繁多，根本沒時間消沉。」

「哦，那我就放心了。」

「謝謝妳的關心。」

「別這麼說。妳明天有空嗎？」

「明天？」

「嗯。上次提到的那場音樂會，我居然拿到票。喏，妳不是想去嗎？」

「啊……」

她終於想起。若是平常，這是會讓她欣喜若狂的消息。

「走吧。雖然是段難熬的時期，偶爾也需要轉換一下心情。」

奈央子爲朋友的體貼深深感動。這場音樂會的票不容易取得，朋友想必是爲了幫失意的奈央子打氣，透過多重管道拿到的。

儘管奈央子很想回應友人的好意……

「抱歉，明天沒辦法。」

「這樣啊。有事嗎？」

「我公婆要來整理他的遺物。這種時候出門，不曉得他們會怎麼說我。」

「難道不能請他們改天嗎？遺物什麼時候都能整理吧。」

「我也不清楚，他們堅持非明天不可。真的很遺憾，能不能改邀其他人呢？」

「是嗎？那麼，下次拿到不錯的票再邀妳。最近一定會有的。」

「嗯，實在對不起。」

掛斷電話後，奈央子不禁當場蹲下。這陣子朋友肯定會再打來，並提出迷人的計畫。想到屆時不知該如何回絕，她的眼前便一片黑暗。

大家都想鼓勵她這個死了丈夫的可憐女人。

拜託你們別管我——奈央子只想吼叫。離我遠一點，別試圖把我拉出這幢屋子。

## 3

對講機鈴響時，奈央子在二樓的臥室。她坐在地板上，頭靠著床緣。雖然沒在睡覺，卻難以立刻反應。不久，鈴聲再度響起。

奈央子的心情益發沉重，又有人想來折磨她。

原本打算無視，但奈央子立刻意識到不妥。可能是安部絹惠按的鈴，她曉得奈央子在家，假如不去應門，她一時擔心，不知會採取什麼行動。

奈央子急忙步出寢室，抓起走廊牆上的對講機話筒，小聲詢問：「是誰？」

「警察。」傳來一道男聲。大概是顧慮到鄰居，對方壓低音量。

「啊……」

奈央子頓時心跳加快。

對方以爲奈央子沒聽清楚，重複一遍：「我是警察，練馬警署派來的。」

她緊張得渾身發燙。

「喔，好的。」

簡短回答後，奈央子跑下樓梯，打開大門。只見門外站著一名穿黑西裝的男人，約莫三十出頭，高大肩寬，臉頰瘦削，下巴頗尖。

「抱歉，突然造訪。」男人亮出警察證。生平第一次目睹，黑色的警察證比奈央子想像中大。

「有事嗎？」

「想請教幾個問題。」男人似乎頗在意鄰家。

奈央子十分猶豫。她不想讓男人進屋，但在門口交談，隔壁的絹惠恐怕會察覺。她不清楚男人的意圖，所以不希望絹惠聽見。

最後，奈央子只好打開大門，「請進。」

「不好意思。」男人進屋後，掏出名片。原來是練馬警署的刑警加賀恭一郎。

奈央子思忖著是否該帶對方到客廳，男人從西裝內袋拿出一張照片。

「妳認識這位先生嗎？」

奈央子嚥下口水，接過照片。她告訴自己，不論是什麼照片，都必須面不改色。

果然，照片上正是她預期的人。他一身工作服，面帶笑容，站在某幢樣品屋前。那坦率的笑容刺痛奈央子的心。

「他是中瀨先生。」眞奈子答道。

「你們的交情如何？」加賀追問。

「稱不上交情……他是這房子的建築師，隸屬新日建設……」

加賀點點頭取回照片，收進西裝內袋。

「聽說他經常造訪。」

「倒也不算經常。每隔幾個月他會來一次，幫忙維護房子。」

這是先建後售的住宅，他們在兩年前購置。定期檢查是契約上的約定事項。

「他最近一次是何時過來？」加賀嘴角浮現一抹淺笑，大概是想安撫奈央子，可惜毫無效用。

「好像是……一個多月前，來做第二年的檢查。」奈央子一副剛想起的模樣。

「之後他就沒再上門？」

「是的。」

「確定嗎？」

「嗯。」

奈央子斂起下巴，仰望加賀。發現刑警仍緊盯著她，連忙移開視線。

「請問……中瀨先生怎麼了嗎？」與其說是在意，不如說她是忍不住開口。

「他在一週前失蹤。」刑警回答。

「這樣啊。」奈央子垂下目光。她不曉得露出怎樣的表情較適切。

「本月二十日，他告訴家人要去見朋友後，便沒回來過。連公司那邊也無故曠職。」

「他的家人想必很擔心。」

「他太太向警方申請協尋，幾天過去卻毫無線索，於是私下找我商量。我和她哥哥是舊識。」

「原來如此。」

奈央子的視線再度落在剛收下的名片上。加賀隸屬搜查一課，奈央子想起電視節目的介紹，這個部門專處理凶殺案。

「電話呢？」加賀問。

「電話？」

「中瀨先生有沒有打來？」

「定期檢查前曾打來，其他就沒……」

「眞的嗎？」加賀緊盯著奈央子，彷彿想看穿她的內心。

「眞的。爲何這麼問？懷疑我說謊嗎？」

她不自覺提高音調，暗暗擔心這樣不自然。不過，加賀不太在意，又問：

「中瀨先生行蹤不明，妳有沒有任何線索，或發現什麼異狀？再瑣碎的事都沒關係。」

「沒有，我們只有業務上的往來。」

加賀點點頭。不過，這不代表接受奈央子的說法，反倒像在確認她的回應正如他所料。

「其實，中瀨先生失蹤前，他們家曾接到奇怪的電話。當時接電話的是中瀨太太。」

「奇怪的電話？」

「打去的男人告訴中瀨太太，她丈夫有外遇。對方住在兩年前蓋好的新社區，是個有夫之婦。」

「怎麼會……」

「於是，中瀨太太打去丈夫的公司詢問，發現新日建設兩年前蓋的新社區只有這邊。而且，中瀨先生負責的房子數量並不多。」

加賀沒明講中瀨負責幾戶。奈央子暗忖，刑警似乎是下工夫調查後才找上門。

「我家……我跟這件事沒關係。」她斷然應道：「我和中瀨先生外遇……未免太離譜。」

「妳會感到不愉快也難怪。只是，既然接到這種電話，中瀨先生又行蹤不明，不能不調查清楚。或許他捲入什麼案件。」

刑警特別強調「案件」兩個字。

「大概是別家的太太吧。總之，我們和此事無關。在這種時候質疑我……實在太過分了。」奈央子的話聲不住顫抖。

「抱歉，我明白自己的言行並不恰當。」加賀低頭致歉，「聽說妳丈夫剛過世。」

「嗯。」奈央子垂下目光。

「方便進去上香嗎？身爲警察，得知有交通事故的受害者，不能不致意。」

「可是……」

「不方便嗎？」

擔心斷然拒絕會引起加賀刑警的懷疑，奈央子只好應一聲「請吧」，拿出拖鞋。

一樓和室裡設置的小靈壇，是匆忙買回來的。隆昌的遺照放在相框中，邊緣綴著花飾。

加賀跪坐在靈壇前，合掌一拜後，轉向奈央子。

「聽說是對方不注意撞上來的。」加賀開口，似乎已調查過。

「我丈夫準備坐進車子時，一輛卡車猛然衝過來。肇事的駕駛聲稱視野有死角。」

「妳也在場吧？」

「嗯。」奈央子點頭，「我剛好在場。他送我到車站後，隨即發生車禍。」

「他爲什麼要送妳去車站？」

「住在靜岡的母親身體不太好，我打算當晚回去照顧她。不過，行李實在太多，丈夫便載我到車站。」

「眞是難爲妳。之後，靜岡之行取消了？」

「實在對不起母親。」

「車禍是哪天發生的？」加賀拿出記事本，準備記下重點。

「上週的二十日，傍晚六點左右。」

「二十日。」加賀寫下日期，歪著頭說：「是中瀨先生失蹤那天。」
「哪裡不對勁嗎？」
「不，我沒特別的意思，只是覺得很巧。車禍賠償的協商進行得順利嗎？」
奈央子搖頭，「對方沒保險，非常傷腦筋。我委託認識的律師處理。」
「原來如此，這種情況常有。」加賀語帶同情，「去靜岡是何時決定的？」
「車禍發生前兩、三天。」
「意思是，妳丈夫這幾天會留在家裡？他沒要一起去嗎？」
「他工作繁忙……而且，我回娘家，他不怎麼高興。」
「很多做丈夫的都這樣，大概是想獨占老婆吧。」
「是嗎？」奈央子偏著頭，有些不以爲然。
「妳打算獨自前往靜岡嗎？」
「不。有個單身的同鄉朋友住附近，她很久沒回老家，決定與我同行。我們約在車站見面，所以她也目擊到車禍。」
這個朋友和剛打來的朋友是不同人，平常和奈央子鮮少來往。
哦，加賀似乎頗感興趣。
「方便的話，能不能告訴我那個朋友的姓名和聯絡方式？」

「那倒是沒問題，不過，爲什麼呢？她和中瀨先生完全沒關係。」

奈央子強調「完全」兩個字。

「必須要查證。無論內容爲何，確認消息的眞僞是警方的義務。」

奈央子不明白刑警話中的含意。思考片刻，她認爲最好別隨便拒絕。「請稍等。」她站起身。

「二十日當天，妳都待在家裡嗎？」加賀抄寫完那個朋友的名字和聯絡方式，問道。

「出門前，我曾向隔壁鄰居打過招呼。其餘時間都在家。」

「原來如此。」

加賀起身告辭，奈央子送他到玄關。

「剛才提及，有人打電話到中瀨先生家。」加賀邊穿鞋邊說：「妳知道是誰故意放話中傷嗎？若能告訴我，我絕不會洩漏。」

「那種事我聽都沒聽過，當然也不曉得那個卑鄙的人是誰。」

「這樣啊。」加賀點點頭，「如果有任何線索，請跟我聯絡。」

刑警一離開，奈央子立刻上鎖。她雙腳發軟，蹣跚走回和室，坐在刑警坐過的座墊上。

「幸伸……」她喃喃自語。幸伸是中瀨的名字。

## 4

奈央子和坂上隆昌在七年前結婚。當時隆昌三十五歲，奈央子二十七歲。

兩人同在市區的製藥公司上班，分屬不同部門。在朋友介紹前，奈央子根本沒見過隆昌。

不過，隆昌卻很清楚她的事。自從在員工餐廳見到她，隆昌就念念不忘。互相認識後，他更是經常打電話給奈央子。

由於沒有特定交往的對象，奈央子和他吃了幾頓飯。不久，隆昌向她求婚。究竟是第幾次約會時提起的，奈央子已毫無印象，只依稀記得是在銀座的法國料理餐廳用餐過後。兩人根本還沒進展到親吻的階段，面對他的求婚，奈央子其實相當困惑。雖然不是沒考慮過，但她認爲應該要按部就班。凡事依自己的步調進行，是隆昌的缺點。

奈央子對看似老實的隆昌有好感，卻沒當他是男友。即使是約會，奈央子也不曾怦然心動，遠遠不及和朋友一起去演唱會般興奮。

然而，在親友強烈的勸說下，奈央子答應了求婚。開始在意自己的年齡是原因之一。同事一個接一個離職結婚，她意識到單身留在公司也不會有好結果。

婚後或許會愛上對方，這種形式的戀愛也不壞——奈央子如此說服自己。

無論是在教會舉行的婚禮，或是宴請兩百位賓客，奈央子都沒有特別開心的回憶。唯一留下印象的，就是她非常冷靜地聆聽來賓的致詞。要點結婚蛋糕的蠟燭時，丈夫的朋友惡作劇，始終無法點著，奈央子只感到不愉快。

不過，她依然相信，隨著時間流逝，總有一天會覺得結婚眞好。

不料，和隆昌共同生活沒多久，她就發現這是個錯誤的選擇。大概是娶到奈央子便開始鬆懈，隆昌露出霸道的眞面目。

如同加賀刑警所言，他想獨占妻子，但奈央子不認爲這是愛情。他極度不願妻子離開家裡，就算是和朋友出門逛街，他也會百般指責和刁難。想去上才藝課，他便以會怠惰家務爲由反對。隆昌只把奈央子當成滿足性欲，以及專爲他服務的玩偶。

奈央子經常想起小學時同班的一名女孩。只要奈央子和別的朋友玩耍或親密談話，她便會歇斯底里地大叫、怒罵對方。隆昌的所作所爲，簡直與那女孩如出一轍。

思及一生將就此終了，奈央子便心情黯淡。他們沒有孩子，奈央子找不出任何生存的動力，每天默默等待從任性的孩子直接變成大人的丈夫回家。兩年前，隆昌買下夢寐以求的獨棟洋房，奈央子也絲毫不覺得高興。一踏進瀰漫新家味道的屋子，她只想到這裡就是自己的葬身之地。

此時，中瀨幸伸出現在她面前。

「我是建築師中瀨。」

他站在玄關掏出名片打招呼的模樣，奈央子至今記憶猶新。晒黑的臉龐猶如調皮的男孩，露出白色牙齒的笑容十分清爽。

隆昌工作忙碌，奈央子獨自聽取關於新家的維護事宜。中瀨便是爲此上門拜訪。

奈央子對中瀨一見鍾情。他和隆昌都帶著孩子氣，但不同於隆昌的任性，中瀨是一派純眞。

「當負責的房屋呈現在顧客眼前時，還是會緊張。因爲無論是怎樣的房屋，我都會盡心盡力完成。這種感覺就像在和級任老師討論兒女的成績。」

笑著這麼說的中瀨，眼神閃閃發亮，看得出十分熱愛工作。

說明結束，奈央子爲他沏紅茶。她和中瀨面對面坐在客廳的全新沙發，啜飲著紅茶。

中瀨長奈央子一歲，雖已結婚，不過沒有孩子。更令人訝異的是，他是相親結婚。

「上司介紹的。想不到拒絕的理由，便順理成章地結婚。」中瀨笑道。

大概不是事實吧。奈央子暗忖，實際上他一定深愛妻子。儘管如此，這麼難得的男人竟然相親結婚，她仍感到十分可惜。

一個月後，中瀨來定期檢查，詢問哪裡有問題時，奈央子指出兩、三個地方，他當場處理妥善。

接著，奈央子照例準備紅茶。當她談到和咖啡相比，較喜歡紅茶時，中瀨拍膝說「我知道一家不錯的店」，並告知店址。「其實，我常利用工作空檔，偷偷溜去喝茶。我沒跟別人提過，那是個祕密場所。」他露出頑童般的表情。

幾天後，趁出門購物，奈央子順道前往那家紅茶專賣店。原以爲是英國風的店，沒想到桌椅全使用原木，反而更接近南洋風，大概是想營造出紅茶原產地錫蘭的氣氛。奈央子坐在角落的位子，點了一杯加入大量牛奶的肉桂紅茶。

此時，中瀨幸伸意外出現。

這完全是巧合，奈央子心臟怦怦跳。坦白講，她暗暗期盼著中瀨來店裡。

中瀨似乎沒立刻注意到奈央子。找位子坐下後，不經意望向奈央子那邊，他一臉驚訝。

確認奈央子是一個人後，他詢問能否同桌。奈央子自然是求之不得。

在外頭與中瀨見面，奈央子感受到前所未有的興奮與悸動。中瀨也顯得輕鬆許多。

此後，奈央子經常前往那家店，而且大多是在週二和週四下午兩點。因爲中瀨提過，他會在這兩個時段去喝茶。

一成不變的生活中，這是奈央子唯一感到快樂的時光。所以，偶爾不能在店裡見面，她便覺得空虛難耐。

之後，差不多該進行房屋半年定檢時，中瀨再度來訪。奈央子告訴他，主臥室的地板會嘎吱作響。奈央子原本不想讓他進入主臥室，因爲主臥室到處是夫妻翻雲覆雨的痕跡。然而，隆昌相當在意地板會發出噪音，吩咐要請人修理。

中瀨默默修理主臥室的地板，並未多看其他不相關的地方。奈央子甚至懷疑，他刻意避開那張雙人床。

「你們沒打算生孩子嗎？」回到客廳，中瀨問道。由於他剛進過主臥室，這個問題聽在奈央子耳裡異常露骨。不過，他應該沒特別的意圖。

「我丈夫似乎已沒這種念頭。」奈央子回答，「我也不年輕了。」

「坂上太太還很年輕，非常年輕。」

「謝謝。中瀨先生家是不是想生寶寶？」

「這個嘛，」中瀨偏著頭，「我們早就不像夫妻。」

「是嗎？」

「不同環境成長的人，住在一個屋簷下，實在不容易。大概是價值觀差太多吧。」

奈央子記不清當時如何回答，約莫是「我有同感」之類的話。然而，和中瀨互相凝視的畫面卻烙印在腦海。接著，中瀨摟住她的肩膀。她沒抵抗，兩人便自然地擁抱在一起。

保持在最低限度平衡的情愫，攪亂奈央子的內心。原本微小的傾斜，瞬間變成劇烈的搖晃。她彷彿遭崩雪掩埋，對中瀨的情感急速失控，再也無法自拔。
所謂的不倫關係，就從這天拉開序幕。

## 5

安部絹惠在庭院爲草木澆水時，瞧見一名年輕男人走出隔壁坂上家。她以爲是上週去世的坂上隆昌親友。
不過，男人注意到絹惠，竟邊問候邊走近。對方的輪廓深邃，陽光在他的眉毛下方形成陰影。
「想請教幾個問題，不曉得妳有空嗎？」男人出示警察證。
「什麼事？」絹惠關上水龍頭。
「二十日那天，坂上太太是不是來打過招呼？」
「對，說是會有三天不在家，發生緊急狀況就聯絡她，然後拿了一張寫著她靜岡娘家電話號碼的便條紙給我。」
「還有呢？」
「其餘就是閒聊，像垃圾回收處的烏鴉變多，或半夜的機車噪音很吵等等。」
「坂上太太有沒有異樣？」

「異樣指的是……？」

「任何事都行，就是和平常不同的部分。」

「遭遇這麼慘重的事故，她當然會很消沉。」

絹惠應道，男人搖搖頭。

「我是說事故發生前，坂上太太來打招呼時的模樣。」

「事故前？好像沒多大差別。」絹惠轉轉脖子。其實她不太記得，只覺得奇怪，不知對方爲何這麼問。「唔，她罕見地主動聊了很多。」

「坂上太太很少與人攀談嗎？」

「倒也不是。不過，她一向挺安靜的。」

「妳們大概交談幾分鐘？」

「唔，十分鐘左右吧。」絹惠不明白刑警的目的，漸漸有些煩躁。

此時，不知哪裡飛來水花，濺濕男人的褲管。他嚇一跳，倒退幾步。

絹惠往旁邊一看，兒子光平拿著水槍躲在房子的暗處。

「光平，你在幹麼？」

遭絹惠斥責，光平往反方向跑開。

「抱歉，不要緊吧？」絹惠瞥見男人濡濕的褲管，連忙道歉。

「沒事。不過，妳和坂上太太經常往來嗎？」

「不算是經常，有時會彼此分享東西。畢竟遠親不如近鄰。」

「坂上先生逝世後，妳去過她家嗎？」

「有啊。喪禮隔天，我拿松茸飯給她。我猜她可能沒好好吃飯。」

當時的情景，絹惠記得很清楚。奈央子向她道謝，還請她進去喝茶。

兩人邊喝紅茶，聊著無關緊要的閒話。奈央子淡淡描述車禍的過程，絹惠以爲奈央子已整理好心情，隨即察覺並非如此。

不經意望向廚房時，絹惠發現一些冷凍食品和米飯都放在冰箱外面。奈央子沒辦法平靜地煮飯吧，絹惠很慶幸拿了松茸飯過來。

聽著絹惠的敘述，刑警陷入沉思。不久，他彷彿突然回過神，向絹惠致謝後離去。

6

喝完肉桂紅茶，服務生一如往常過來詢問是否要續杯。每次和中瀨見面，奈央子都會續杯。

「今天不用。」奈央子應道，服務生帶著微笑離開。

或許不要再踏進這家店比較好。雖然是來懷念故人，沒想到會這麼難過，奈央子的心揪在一起。

結完帳，奈央子走出店外。這麼一提，她很久沒掏錢付茶資了。

搭一站的電車才能回到家，奈央子蹣跚步向車站。雖然中瀨經常開公司的小型貨車來，但奈央子從沒讓他送自己回家。因爲她擔心被別人看見。

遠方天際逐漸染紅，走在人行道上，奈央子聽見一陣腳步聲追上來。原以爲與自己沒關係，腳步聲卻在靠近後放慢，奈央子立刻回頭。

練馬警署的加賀刑警行一禮。

「你跟蹤我？」

奈央子問，加賀的神情有些尷尬。

「唔，邊走邊談吧，不會占用妳太多時間。」

奈央子想起早上鄰居安部絹惠提過，昨天警察曾向她打聽許多事。這名刑警在懷疑我，奈央子相當確信。

「雖然多方進行調查，」加賀切入正題，「卻找不到二十日與中瀨先生有約的朋友。不論工作上或學生時期的朋友，我們都詢問過，根本沒人與他有約。」

「這和我有什麼關係？」奈央子直視著前方回話，想趕快抵達車站。這段路彷彿沒有盡頭。

「妳認為男人在何種情況下外出時，會對妻子撒謊？」

「你是指和第三者見面嗎？」奈央子故作鎮靜，「而那個人是我？」

「坂上太太，」加賀停下腳步，「我曉得妳剛剛待在一家紅茶專賣店。」

啊，奈央子差點驚叫出聲。加賀繼續道：

「我拿中瀨先生的照片請教服務生，方才走出去的女士是否和這個男人來過。至於服務生如何回答，不必我贅述吧。」

奈央子沒答話，再度邁開步伐，內心卻波濤洶湧。她後悔太不謹慎，竟沒察覺遭到跟蹤，便走進那家紅茶店。

「坂上太太，」加賀追上來，「中瀨先生在哪裡？」

「不知道。」奈央子搖搖頭，「我當然和中瀨先生喝過茶，但只是請教房子的問題，沒有特殊關係……絕非你指稱的那樣。」

「妳認為警方會接受這種說法嗎？」

「即使你們不相信，事實就是事實，我也無能為力。」

總算抵達車站，奈央子奔向售票機。

「坂上太太。」加賀緊跟在後。

「拜託你別大聲嚷嚷，很多人在看。」

「那麼，請告訴我，中瀨先生還活著嗎？」

面對加賀的質疑，奈央子不禁睜大眼，隨即別過頭，朝驗票口走去。

「坂上太太！」

「我什麼都不知道。」

通過自動驗票機，奈央子頭也不回地前往月臺，加賀並未跟過來。電車恰巧進站，她便直接上車離開。

劇烈的心跳難以平復。望著車窗外不斷流逝的街景房舍，奈央子覺得或許大勢已去。只能說從頭到尾都失算，一開始就鬼迷心竅，誤入歧途。

「忍不下去了，我認真考慮要進行那個計畫。」

兩週前，中瀨幸伸嚴肅地提議。當時，兩人在紅茶專賣店附近的旅館。

「可是，萬一失敗……」接下來的話奈央子說不出口，光想像後果就毛骨悚然。

「總不能讓妳一直待在那男人身邊。妳還年輕，難道想把一生奉獻給他？」

「這種事……我不願多想。」

「那不就只剩一條路？」

「是嗎？」

回想兩人對話的內容，奈央子不禁渾身哆嗦。因爲他們是在討論如何殺害隆昌。

那原本是奈央子一時衝動的氣話。她在床上不經意地喃喃自語：「要是他死掉該多好。」

起因是前陣子回隆昌老家發生的事。他的老家在福井縣。

坂上家族在老舊的日式木屋團聚。隆昌是四兄弟中的老大，兩個弟弟單身未娶。身爲長媳的奈央子，像女傭般不停遭家人使喚。不，或許用「奴隸」形容更貼切。一踏進老家，她就被要求準備十幾人份的飲食。他們早決定好菜色，只見成堆的食材放在昏暗的廚房裡。當下，奈央子才明白隆昌吩咐她攜帶方便活動的衣服和圍裙的原因。

全家人大快朵頤時，奈央子根本連坐下的時間都沒有。從端菜、盛酒到餐後整理碗盤，奈央子從頭忙到尾。

「大嫂好辛苦，收拾就交給媽媽吧。要不要稍微休息一下？」或許是出於同情，其中一個弟弟忍不住開口。

不料，隆昌吐出一句令她難以置信的話。

「沒關係，我帶她回來，就是要讓她做這些事。媽媽坐著別動。長男帶媳婦回老家還讓母親忙東忙西，傳出去多難聽。」

奈央子正在清理使用過的筷子。望著筷子的尖端，她忽然很想一把刺進隆昌略帶脂肪的脖頸。

「大哥眞厲害，居然能在東京找到這種女人。」

「笨蛋，什麼找到，重點是教育。寵她就會爬上天，平常便得嚴格管教。你們將來結婚後，千萬不能寵老婆。女人只要好好教育，你就能隨心所欲。」

隆昌滿嘴酒氣，得意地高談闊論。

塞給奈央子的雜務不僅止於此。既要幫忙大掃除，還必須照顧隆昌臥病在床的祖父。婆婆甚至挑明說「我幫奈央子留了些工作」。短短三天，奈央子體重直落三公斤。

然而，隆昌一句慰勞的話語也沒有。返回東京的電車上，隆昌不斷指責她效率差，應對進退不及格。一向怯懦的奈央子忍不住想回嘴，但顧慮到其他乘客，又無力爭執，只好保持沉默。

奈央子在心中不停咒罵「去死吧，這種男人最好早點死」。可是，想到幸運之神不會輕易降臨，她便陷入絕望的深淵。

奈央子在中瀨面前脫口說出「要是他死掉就好了」，是情緒放鬆後吐露的眞心話。中瀨沒忽略奈央子眞心話，甚至嚴肅考慮實現她的願望。

「想到別的男人抱著妳，我就痛苦萬分。尤其是那種男人。」

「我也是……」奈央子頓時打住。

中瀨說最近和太太完全沒有肌膚之親，奈央子卻覺得那大概不是事實，就像她也沒誠實道出自己和隆昌的關係一樣。

「他不可能跟妳離婚吧？」中瀨問。

「很遺憾，恐怕沒什麼希望。」

「我這邊不難解決，只不過要付一大筆贍養費。」

「我丈夫是不會接受贍養費的，何況我沒有自己的錢。」

「那麼，果然得做個了斷。」

「不過，眞的能順利進行嗎？」

「非順利不可，否則我們就無法永遠在一起。」中瀨下床披上浴袍，「我具體模擬了一下計畫，要不要聽聽看？」

奈央子側躺在床上點點頭。

「重點是，必須幫妳製造不在場證明。我們的關係應該沒人知道，所以我不會有嫌疑。妳找地方外宿，然後我趁機溜進妳家，這個方法如何？」

「偽裝成強盜入侵嗎？」

「嗯，否則警方查起動機會很麻煩。」

「可是，我丈夫練過柔道，力氣相當大。」

「我沒打算正面對決。妳丈夫不是經常晚歸？我先在停車場埋伏，等他一下車，立刻從後面突襲。」

「怎麼突襲？」

「這個嘛，」中瀨搖搖頭，「我會再想想。」

他大概已決定具體的手法，但考量到奈央子，遲疑著沒說出口。

「警方眞的會認爲是強盜殺人嗎？」

「我會偷走皮夾。」

這些小動作能瞞過警察的眼睛嗎？奈央子十分懷疑。她對兩人預備進行的計畫，毫無實感。

「不會有問題吧？要是你被逮捕，我眞不知該如何是好。一定會發瘋的。」

「我會順利成功的。不這麼做，我們沒有未來。」

中瀨坐在床緣，握住奈央子的手。她緊緊回握，意識到或許要有死亡的覺悟。

隔沒多久，發生一件更加堅定兩人決心的事情。奈央子震驚地得知，隆昌下個月將調職京都。

「之前我提出申請，現在上面才批准。下個月我會趁早出發，安頓住處。奈央子打包整理好，向鄰居和朋友告別後就過來。懂了嗎？」

隆昌照例不打算徵詢奈央子的意見。雖然奈央子抗議，表示事出突然很困擾，他卻反問奈央子有什麼正當理由無法一起去京都。奈央子沒有反駁的餘地。

「你爲何要轉調京都？就算去那邊，也不會比較好吧。」她至少想弄清楚這一點。

「還用問，那邊比較近啊。」隆昌不耐煩地回答。

奈央子再度跌入黑暗的深淵。所謂的「近」，指的是離福井老家比較近。她察覺隆昌希望將來搬回老家。

「既然如此，你何必買房子？」

「用不著擔心。」

「不用擔心……」

「反正和昌遲早會到東京生活，我們早就講好讓他住這裡。」

「怎麼會……」

這一刻，奈央子心中的憎惡轉爲堅定的殺意。奈央子終於明白，隆昌只把她當成自己的所有物。

聽到隆昌要調職京都，中瀨非常焦慮。

「得趕緊行動。妳有辦法離開家裡嗎？」他在兩人常去的旅館問道。

「先前我就告訴過他，我媽的狀況不太好，應該能藉口要幫忙照顧，回娘家兩、三天。」

「那麼，妳能不能盡快安排？我會配合妳的行程做準備。」

「你眞的打算下手？」

「當然。事到如今，難道要退縮？」中瀨抱住奈央子，「現在不做個了斷，我們或許再也見不到面，這樣沒關係嗎？」

中瀨懷裡的奈央子搖頭。無論是見不到中瀨，還是永遠遭隆昌鉗制，奈央子都難以忍受。

之後，兩人在電話上交換意見，討論計畫細節。奈央子已向隆昌提過，二十日的星期六想回娘家。隆昌答應她的請求，卻有個附帶條件。下星期一他下班回來，要看見奈央子在家裡。

「那就不能在妳丈夫從公司返家的時候行動。星期六、日不必上班吧？只能看準他在家的時候下手。」

中瀨思索半晌，開口：

「趁他半夜熟睡之際偷襲。潛入那棟房子並不難。即使是柔道高手，熟睡中也使不出力吧。他最近不是會服用安眠藥？這種情況下，應該不會突然醒來。」

「不過，幸伸，你半夜能出門嗎？」

「就藉口那天要出差外宿。老婆根本不在乎我的行程，儘管放心。」

沒想到，計畫不得不緊急變更。奈央子回娘家的那三天，隆昌也不會留在家裡。

「星期六晚上我要回福井，星期一去京都。赴任前得先去拜碼頭。」十八日晚上，隆昌忽然這麼告訴奈央子。

於是，十九日白天，奈央子打電話通知中瀨。他也受到不小的打擊。

「這麼一來，就完全找不到空隙下手了。」他語帶遺憾。

「是的。事情爲什麼會變成這樣？老天爺是在警告我們嗎……」

「怎麼能講喪氣話，肯定有辦法的。總之，要是沒抓住這次機會，我們就完了。」

中瀨表示要重擬計畫，暫時先掛斷電話。一個鐘頭後，他打給奈央子。

「雖然有些複雜，不過我想到一個點子。」他在電話中說道：「妳靜下心，仔細聽。」

中瀨的計畫果然很複雜，奈央子必須邊聽邊做筆記。

## 7

隆昌去世後的第十二天，加賀刑警彷若一股不祥的旋風，突然造訪。在陽台晒衣服時，奈央子瞥見加賀的身影逐漸靠近。

途中，加賀在路旁和一個男孩交談。那是住在隔壁的安部光平，總是隨意跑進別人家的庭院，奈央子不是很喜歡他。

奈央子走到一樓，門鈴恰恰響起。反正用不著確認對方是誰，她直接打開大門。

「我知道自己不受歡迎，只是又發現一些線索，想請教妳。」

加賀含蓄地說道。

「請進。」奈央子做出歡迎的手勢，加賀似乎頗爲意外。

他隨奈央子踏入一樓的客廳。奈央子和中瀨曾面對面坐著的沙發上，今天換成刑警。

「我去找過妳朋友。」加賀開口，「就是原本要和妳一起回靜岡的那位小姐。」

哦，奈央子點點頭。

「我應該好好跟她道歉。這陣子太忙，倒是忘得一乾二淨。她有說什麼嗎？」

「她十分擔心妳，希望妳早日恢復精神。」

「這樣啊。給她添麻煩，眞是過意不去。」

「妳是出發前一天邀她同行的吧。」加賀繼續道：「她笑著告訴我，妳臨時邀約，只有像她這樣沒家累的人，才有說走就走的特權。」

確實很有她的風格，奈央子想起朋友的面容。

「爲何會突然決定邀她？」加賀稍稍改變語氣。

「純粹是一時興起。獨自回靜岡，路途上不是很無聊嗎？」

「聽說提議當天在車站碰面的也是妳。」

「是嗎？我忘了。」

「妳還指定在計程車招呼站附近會合。考慮到可能下雨，通常會約在車站裡，比方驗票口旁。」

「我擔心車站裡人來人往，反而不容易找到。」

「眞的嗎？」加賀注視奈央子的雙眼。

「不是又怎樣？你究竟想講什麼？」奈央子明知生氣就輸了，仍不禁拉高分貝。

加賀忽然做起放鬆肩頸的動作。

「由於約在計程車招呼站附近，妳朋友目擊車禍發生的經過。」

「唉……」奈央子撥開劉海，「她眞的很倒楣。沒人想看見那種景象，那種……慘狀。」

加賀拿出隨身攜帶的記事本。

「被害人準備坐進轎車內時，一輛卡車忽然衝過來，導致被害人夾在兩輛車之間。上半身傷得尤其嚴重，腦袋幾乎完全壓碎——」

「別再說了！」奈央子捂住耳朵，不願憶起當時的情景。

加賀闔上記事本。

「我詢問過負責處理這件事故的警員。依他的敘述，被害人的五官已無法辨識，只能靠他攜帶的駕照和身旁的親屬，也就是妳的證詞確認身分。」

「所以呢？」

「我也詢問過參加告別式的人。由於丈夫面貌全毀，妳並未讓前去弔唁的賓客瞻仰遺容。」

「不行嗎？實際情況如此，我也沒辦法。」

此時，加賀傾身向前，雙手放上桌面。

「能不能聽聽我的推理？要是太離譜，妳儘管罵沒關係。」

「無所謂，不過我差不多該出門買東西了……」

「假設，」加賀說道：「A女殺死B男，不清楚是不是故意的。重點是，A女不想自首，思索著有沒有不引起警方懷疑的脫身之計。後來，A女得到C男的幫助。具體的作法是，由C男假冒B男，出現在第三者面前。當然，在B男的屍體被找到前，A女必須有完整的不在場證明。於是，A女便計畫和朋友離開東京兩、三天。」

「等等……」

「原本以爲計畫能順利進行，不料竟然發生意想不到的狀況，假冒B男的C男車禍身亡。A女想必感到晴天霹靂，幸運的是，C男面目全非，根本無法辨認身分。於是，A

女獲得最後的勝利。換句話說，她只要指稱死者是B男，就能把C男的屍體當成B男火化。」

「胡扯一通。」奈央子站起，「你在暗示那具屍體是中瀨先生嗎？」

「我認爲有必要重新確認。」加賀語氣平靜，「幸好死者的血液還殘留在肇事車輛上。取妳丈夫的一根毛髮，就能做DNA鑑定。」

「我丈夫的毛髮恐怕找不到了，這段時間我打掃過家裡好幾次。」

「這一點沒問題。妳丈夫在公司有一頂專用工作帽，沾附著幾根毛髮。」

「那麼……看是要鑑定還是什麼，都隨你們吧。」

奈央子快步走進廚房，往玻璃杯倒水，一口氣喝完。她早有覺悟會引起加賀的猜疑，胸口難受得幾乎無法站立。

## 8

「今天打擾了。」見奈央子回到客廳，加賀起身道：「接下來，就仰賴科學的力量。」

想不到適當的話語，奈央子一言不發。

「咦，這裡怎麼會是溼的？」加賀盯著右邊袖子，腕間沾著水滴。

他拿出手帕，仰望天花板。奈央子跟著往上看。

頓時，她心頭一驚。

恰恰在加賀座位正上方的天花板，竟濡溼一大片，還滴著水。

「眞奇怪，又沒下雨。更何況，房子這麼新不可能會漏水。」

「剛剛在二樓時，我不小心打翻花瓶。」奈央子隨機應變，「花瓶裡的水滿多的，所以才會滲進天花板吧。」

「那最好趕緊處理。要不要我幫忙？」

「不，不用了。」

「是嗎？這樣的話，我就告辭了。」加賀走向玄關。

加賀一出大門，奈央子立刻上鎖，長嘆一聲。

眞正的刑警果然很恐怖，只需些許線索，就能找到外行人的破綻。

加賀剛才的推理，和中瀨擬定的計畫幾乎一致。唯一的不同是，殺害隆昌的不是奈央子，而是中瀨。直到最後一刻，中瀨都不曾考慮讓奈央子動手。雖然是爲了兩人的未來，但中瀨覺得風險由他一人承擔已足夠。

「只剩星期六能下手。而且妳離家後，必須有第三者目擊妳丈夫還活著的樣子。」中瀨在電話裡說道。

「我出門後，他便會立刻前往福井。這麼一來，不就完全沒有殺他的機會？」

「所以，」中瀨壓低嗓音，「要在妳出門前完成行動。」

「咦，怎麼回事？」

「我的意思是……」

依中瀨的計畫，首先奈央子在週六傍晚，想辦法讓隆昌服下安眠藥。待他睡著，奈央子再通知中瀨。接著，趁奈央子到隔壁寒喧之際，中瀨潛入家裡，殺死隆昌後，換穿隆昌的衣服，開車送奈央子去車站。而約好在車站會合的第三者，自然成爲目睹隆昌活著的證人。不過，這個第三者必須是不熟悉隆昌長相的人。

「眞能順利嗎？」奈央子在電話裡反覆問道。她當然明白不試試看無法預料，卻忍不住追問。

然而，最後一切都失算了。

奈央子奔上二樓，她快步穿過走廊，進入臥室。

乍看之下，房裡並無變化，地板也沒溼。可是，既然一樓天花板滴水，只有一個原因。

她靠近雙人床，掀起羽絨被，接著拿下枕頭，推開床墊。

一陣冰冷的空氣撲面。

床墊下方，出現一個木框圍起的空間。如今，那是奈央子的祕密世界。

她仔細檢查木框內部，卻沒發現任何異狀，不可能漏水。

眞奇怪，她不禁感到困惑。

「果然是那裡啊。」走廊傳來話聲。

奈央子詫異地望去，只見加賀帶著難過的表情，緩緩走近。

奈央子僵在原地。爲什麼離開的刑警又出現？她滿心疑惑。同時，她也意識到這不重要，純粹是該來的終於來了。

「我是從庭院進屋的。之前我已先打開客廳落地窗的鎖。」

看樣子他是佯裝離去，再悄悄折返。

「那漏水是……」

「是這個的傑作。」加賀出示右手中的東西。

原來是塑膠水槍，顯然是安部光平的玩具。

「剛剛趁妳離座，我用水槍噴溼天花板。那樣一來，妳肯定會檢查祕密場所。抱歉，採取這種權宜之計。我想避免強行搜索，請見諒。」加賀低頭致歉。

「你怎麼曉得藏在這裡……」

「我想不到其他地方。足夠容納一個成人，還可成爲簡易冷凍室的空間，只有床底下。如今這時節，唯獨此處的窗戶總是開著，彷彿想冷卻整個房間。」

「你這麼確定屍體在屋內？」

「純粹是算數。兩個男人忽然消失，其中一人的屍身已火葬，另一人會在哪裡？」

「是嗎？」奈央子跪在地上，「也對，眞的很單純。」

就是這個簡單的計算出了差錯。

「不過，關鍵是隔壁太太的證詞。」

「安部太太？」

「她說喪禮結束後，妳就只吃冰箱裡的冷凍食物。我猜妳爲了某種理由，需要使用冷凍庫。首先想到的是，妳將屍體支解，冷凍起來。」

「怎麼可能……」奈央子搖頭，光聽就雞皮疙瘩直冒。

「嗯，妳的確不可能辦得到。況且，以妳家冰箱的尺寸，切割得再高明，也容納不下一整具軀體的屍塊。於是，我思索起另一種可能性。我拿著妳的照片，跑遍附近的藥局。」

聽完加賀的話，奈央子嘆口氣。

「有人認得我嗎？」

「不少人。」加賀回答：「畢竟一次買四、五個冰枕的顧客相當罕見。」

「那倒是。」奈央子自嘲般淺笑，「早知道就多跑幾家藥局……」

「我也調查過這一帶的便利超商。車站前的超商店員證實，妳天天去買冰塊。先到超商補充冰塊，回程順道買花是妳的例行公事。」

「冰塊……眞的很重。」

「我能瞧瞧『棺柩』嗎？」

「嗯，」奈央子從床邊退一步，「請便。」

加賀走近床鋪。他戴上白手套，避免指紋沾附，然後探頭一看。

奈央子注視著他。刑警的臉上掠過一抹疑惑，露出難以置信的眼神，最後轉變成訝異。

「這是……」

「嗯。」奈央子點點頭，「跟你想像的不同吧？」

「究竟怎麼回事？」

「從頭到尾都失算了。」她垂下目光。

躺在床框棺柩裡的，不是坂上隆昌，而是中瀨幸伸。

## 9

二十日傍晚，奈央子跟鄰居安部絹惠打完招呼，回到家裡。根據當初的計畫，得手的中瀨幸伸應該已在等她。

不料，在玄關迎接她的竟是隆昌。

他提著奈央子的行李。

「不早點出發會遲到。妳不是跟朋友約在車站會合嗎？」隆昌說著，便匆匆穿上鞋子，走出家門。

奈央子一頭霧水，追在丈夫身後。只見隆昌剛要坐進車內。

她暗想，大概是計畫生變。或許中瀨出於什麼原因，不得不中止行動。雖然頗爲遺憾，心情卻很輕鬆。不願犯下謀殺重罪，也不希望中瀨犯案的心情，占據她大半的思緒。

接下來，就等回靜岡後再考慮。

一路上，丈夫始終不發一語。不過，她沒去深究。只要妻子不在家，他都沒好臉色。

直到車站近在眼前，丈夫才開口。

「奈央子。」他沉聲道。

聽到的瞬間，奈央子背脊莫名發涼，直覺丈夫會吐出不祥的話。

「別小看我，妳在家的一舉一動，全逃不過我的眼睛。」

「……什麼意思？」

「從靜岡回來再告訴妳。總之，不對的是你們。」

從隆昌使用「你們」一詞，可見他早就察覺奈央子和中瀨的關係。這固然帶給奈央子極大的衝擊，不過她更在乎中瀨此刻的狀況。

然而，她總不能問丈夫吧。於是在無言的狀態下，車子抵達車站。

隆昌停車，打開後車箱，卸下奈央子的行李。狠狠瞪她一眼後，準備回到車上。

車禍就發生在下一秒鐘。

奈央子一時無法明白發生什麼事。一輛大卡車撞上她方才搭乘的轎車側面，四周的吵嚷聲和人們逃離的腳步聲，彷彿隔著一道玻璃般遙遠。

每次回想接下來的經過，奈央子就一片混亂。她甚至不記得是在醫院或警局接受訊問。她只依稀記得，原本要跟她一起回靜岡的朋友一直陪在身邊，最後還送她回家。

不過，之後的情景，想忘也忘不掉。她茫然走進主臥室，打開電燈時，那個畫面躍入視野。

中瀨幸伸倒在地板上，一眼就看得出他已氣絕。但奈央子仍飛奔過去，搖晃他的身體，期望他會睜開雙眸，卻是毫無反應。

奈央子恍然大悟，中瀨反而被隆昌殺害了。隆昌並未服用安眠藥，恐怕是察覺他們的計畫，佯裝睡著，等待中瀨到來。

奈央子不曉得隆昌是不是一開始就有殺意。剛發現中瀨的屍體時，奈央子認爲隆昌是蓄意謀殺。隨著時間經過，奈央子逐漸覺得實情並非如她所想。或許隆昌只是要警告中瀨，別再靠近自己的妻子。因爲中瀨身上沒有明顯的外傷，而且仔細觀察，他脖子上的勒痕極淺。隆昌學過柔道，大概是爲了嚇唬中瀨，掐住他的脖子，卻沒控制好手勁。

「不對的是你們。」隆昌的話聲迴盪在耳邊。這不就是隆昌對失手勒斃中瀨的辯解嗎？

當然，眞相已無從得知。

唯一能確定的是，隆昌曉得奈央子和中瀨的計畫。某天整理隆昌的書桌時，奈央子找到一捲錄音帶，內容是她與中瀨討論作案步驟的錄音。隆昌似乎在電話上裝了竊聽器，想必是要確認兩人是否有曖昧。不料，錄到的竟是兩人謀害自己的計畫，隆昌肯定非常憎恨他們。

他謊稱星期六、日要回福井，大概是想阻止兩人的計畫。然而，中瀨在奈央子出發前一刻又想到一個可行的犯案手法，反倒掉進隆昌的圈套。

「看來打電話給中瀨太太的，也是妳丈夫。」聽完奈央子的敘述，加賀開口：「他是想盡辦法希望你們分手吧。」

「既然知道我和中瀨先生的關係，他爲什麼不直接跟我講？」奈央子自言自語般低喃，並不是想請教加賀。

「男人有很多不同的類型。有些平常霸道、少根神經，緊要關頭卻一句話也說不出口。尤是面對深愛的人，更是如此。」

「你的意思是，他深愛著我嗎？」

「嗯，是的。」加賀點點頭，「所以失手殺害中瀨後，他只想把妳送往車站。或許他打算趁妳待在娘家期間，獨自處理屍體吧。如果他不愛妳，一定會要求妳幫忙。」

奈央子偏著頭。也許是，也許不是，反正已無法查證。在她心中，哪邊都無所謂了。

「有件事想請教妳。」加賀接著道：「究竟爲何要冰存中瀨先生的遺體？準備哪天要埋起來或燒掉嗎？」

「怎麼可能。」奈央子淺笑，「我哪有那種能力。」

「那麼……」

「我也搞不清楚。」奈央子回答：「發現他時，第一個念頭是不能讓其他人看見，因此拚命把他藏進床框。接著，我不禁擔心起遺體會腐敗。為了丈夫的葬禮和葬儀社聯絡時，我得知若要延後葬禮的時間，可使用保冷劑，便決定試試。我先在床框內側貼上保麗龍，再塞進二十個冰枕，另外準備二十個儲存在冰箱。每晚拿出來替換真的很辛苦。當然，我明白這不是長久之計，卻又不能放手。」

她吐出一大口氣，「坦白講，遭加賀刑警揭穿，我有點慶幸。」

「方便借用電話嗎？」

奈央子指向房間一隅。化妝台上放著無線電話的子機。

加賀走過去拿起，接著傳來按壓數字鍵的聲響。

「喂，係長嗎？我是加賀。如同我們的推測，在她家找到屍體，請趕緊派人過來。地址是練馬區……」

聽著加賀通話，奈央子的手伸進「棺柩」。

中瀨幸伸和她剛發現時一樣，平靜地閉著雙眼。冰塊和冰枕環繞在他身邊，瑪格麗特點綴在四周。

那是他曾經送給奈央子的花。

「瑪格麗特的花語是『埋藏在心中的愛』。」他像個少年似地紅著臉說。

奈央子撫摸他的臉頰，感覺如石塊般僵硬冰冷。

「再見了。」

她的淚水滴落在冰凍的臉頰上。

# 朋友的忠告

# 1

他拿飼料餵家裡的貓比奇時，電話響起。原來是妻子峰子。

「餵過比奇了嗎？」她劈頭便問。

「剛餵。」萩原瞥向手表，現在是晚上七點多。「妳行程沒變嗎？」

「嗯，我明天下午才會回家。」

「這樣啊。你們很久沒見，慢慢聊吧。」

「今晚你有飯局？」

「不是應酬，我也是跟老友敘舊。」

「哦，別太晚回家。最近你一直忙著工作，也該讓身體休息。」

萩原嘆口氣，拿好無線話機。

「不用擔心。我差不多要出門了，先掛嘍。」

「喔，好。總之，別太勉強。吃些維他命和平常喝的提神飲料再去。」

「知道啦、知道啦。」

結束通話，萩原拿起掛在餐椅的外套穿上。想起妻子的叮嚀，於是拉開櫃子的抽屜，取出裝著白色錠劑的玻璃瓶。那是維他命。

他倒了兩顆在掌上，走進廚房，卻找不到裝水的杯子，似乎沒放在原本的地方。於是，他只好從另一個櫥櫃拿出巴卡拉水晶白蘭地酒杯。他從淨水器裝水後，含著維他命，配清水吞下，瞬間有種噎到的感覺。萩原很不喜歡這種感覺。

接著，他打開冰箱，從內側門架上取出一個小瓶子。那是提神飲料，他扭開貼著價格標籤的瓶蓋，一飲而盡。噁心的甜味在口中擴散，他同樣不喜歡這種感覺。於是，他又喝水沖散嘴裡的味道。

在玄關穿鞋時，他發現鞋櫃上方換了一幅畫。昨天掛的畫是在高速公路奔馳的車子，今天變成魚。這是用色鉛筆畫的，難以分辨究竟是什麼魚。藍色的魚游向右邊，帆船也朝右邊前進，是在賽跑嗎？

他相當喜歡獨生子大地的畫。聽說在同一所幼稚園的孩童中，算是出類拔萃的。雖然祖父母認眞希望大地將來成爲畫家，萩原卻沒一絲期待。他自認小時候也畫得出這種程度的圖，現在卻從事完全無關的工作。所謂的才能，並非如此唾手可得。

今天中午，峰子去參加高中同學會，結束後便帶著大地回橫須賀的娘家。

萩原走出屋外，鎖上大門，坐進停在車棚的賓士轎車。車棚的空間足夠停放兩台車，峰子開走了另一輛飛雅特轎車。

萩原發動引擎，在七點二十分左右駛離橫濱住家。和朋友相約八點鐘在澀谷見面，也許會稍微遲到，他暗暗祈禱路上不要塞車。

開上東名高速公路前，手機響起，是公司員工打來的。今天是星期五，又碰上國定假日，是俗稱三連休的第一天。不過，萩原公司的員工，不僅國定假日不能放假，也沒人敢肯定接下來的周末假日能休息。

「日昇大樓的案子，我們已和裝潢業者談妥。他們會按照要求的日期完工。」

「價錢呢？」

「我們把價錢壓到比原先估的金額少百分之七以上。」

「ＯＫ，就這樣。那臨時停車場呢？」

「還不夠兩百個車位。長坂正努力協調，不過近期恐怕很難。但是，若把範圍擴大到步行五分鐘的距離，就有候補場地。」

「在步行四分鐘內的範圍內找找。」

掛斷電話時，車子恰恰開到高速公路入口。

萩原看一眼時鐘，估計還是會稍微遲到，心想應該跟店裡說一聲，又拿起手機。

忽然，一股強烈的睡意襲來，全身的神經逐漸變得遲鈍。

糟糕，怎麼回事……

他握著方向盤，視線在前方道路和手機螢幕之間游移。今天是約在哪裡的餐廳？新宿？不，是澀谷。

伴隨著頭痛，萩原的意識愈來愈模糊。危險！這樣一定會發生車禍，得找地方停車歇一下。前面好像有個休息站，是海老名嗎？不，海老名比橫濱遠。

萩原眼前浮現奇妙的景象，大地站在路中央朝他揮手。不，那不是大地吧？我在做什麼？

他夢見自己飛上天空。啊，他明白這是一場夢。某處傳來鳥叫聲，奇怪的叫聲，眞是吵雜……

2

「我強調過很多次，減少展場小姐的人數也沒關係。一定要找技術人員，最好是能言善道的年輕技術人員。你想想，顧客來看什麼？不是那些穿迷你裙的辣妹。目標族群是阿宅，全是精通電腦和電玩遊戲的阿宅！他們喜歡艱深的談話內容，去找能言之有物的傢伙，懂不懂？」

萩原掛斷病房內的電話，左手操作起放在床邊茶几上的電腦，查看電子郵件。身體無法自由活動，導致動作遲鈍，他很不耐煩。

「不需要在這種時候工作吧？」走出洗手間的峰子一臉難以置信。萩原察覺她補過妝。

「話不能這麼講。過去一週，我什麼事也不能做。眞要趕上落後的進度，得熬夜兩、三天才補得回來。總之，必須把落後的進度縮減到最小的範圍。」

「你這樣拚命，傷口會好不了。」

「躺著不動骨折就會馬上好，我一定開心地躺著不動。」萩原盯著電腦螢幕。

峰子什麼也沒說。萩原不覺得妻子對他死心，而是認爲妻子自覺盡義務提醒過他，所以不再多說。

傳來兩次敲門聲。「會是誰？」峰子走向門口。

一打開房門，峰子忍不住驚呼。從萩原的位置看不見訪客。

「是加賀先生。」峰子告訴萩原。高大的加賀從她身後出現。

「嗨，」萩原抬頭看著朋友，「怎麼又是你？」

「怎麼，我來不行嗎？」

「我只是很訝異，沒想到你這麼重友情。該不會是練馬警署太清閒吧？」

「清閒表示社會上沒發生案件，倒是好事。可惜，我是恰巧到附近查訪，順道來看你。」

「什麼嘛，原來是順道。所以，你拿的不是伴手禮嘍。」萩原望著加賀的手。朋友提著便利超商的購物袋。

「嗯，不是。這是我的便當。」

「眞好，刑警拎著便當走訪調查。刑警一定要這樣才行。」萩原笑道。不過，他的肋骨斷了，一笑胸口和側腰就痛。

「加賀先生，要不要喝飲料？」峰子詢問。

「不，不用了。」加賀搖搖手，「大嫂，如果要去辦事就趁現在吧。我會多待一下。」

聽到他的話，峰子眨眨眼。

「啊，是嗎？不過……」她有些猶豫地望著丈夫。

「沒關係，加賀都這麼說了。妳不是要去買東西？」

「嗯。」

「那就去吧。妳回來之前，我會留住這傢伙。反正連警察都不指望這傢伙，晚一點回警署也不礙事。」

「你眞是的。那我恭敬不如從命。」峰子抬眼看向加賀。

「別客氣，請便。」

「不好意思，我會盡快回來。」她拿起外套和愛瑪仕提包，「老公，用電腦要適可而止，醫生說這樣對身體不好。」

「嗯，我知道。快弄完了。」

「那就麻煩你。」峰子向加賀道謝後，走出病房。

等房裡剩兩人時，加賀沒坐下，直接步向窗邊。

「十五樓的景色果然不錯，加上是舒適的單人房，偶爾來躺著休養也不壞。」

「不管景色多美，要是身體不能動，什麼也看不見。其實，我的肛門從早上就癢得難受。上石膏後，連抓都抓不到，你無法體會這種痛苦吧。」

加賀笑著走回來，坐在床旁的椅子上。

「情況如何？」加賀收起笑容。

「還不能動，不過以後走路沒問題。」

「聽醫生說頭部沒大礙。」

「這真是萬幸。腦袋出差錯，我就沒飯吃了。」萩原左手指著自己的頭。

一週前，萩原在東名高速公路上發生衝撞護欄的嚴重事故。幸虧後方沒車，並未造成二次傷害，光這一點就是不幸中的大幸。因傷及腳、腰、胸、肩膀等，全身十多處骨折，若後方有來車，恐怕會更慘。醫師也保證，經復健治療，遲早會恢復靈活。

「乾脆趁機休息一下，沒聽過『像拉車的馬一樣只會向前衝，不會是真正成功的人』嗎？」

「每個人都講一樣的話。」萩原露出苦笑，「不過，或許不無道理。鬼門關前走一遭，我也有所體悟。原本我對體力相當有自信，但畢竟年紀大了，開車居然打瞌睡，實在沒面子。」

加賀沒回應。他低頭半晌，忽然起身鎖上門，又走回來。

「那麼……」加賀重新坐回椅子，「那天你想跟我談什麼？」

「噢，」萩原思索片刻，「算了，不是重要的事。」

「怎麼，你的語氣很教人在意。」

「眞的沒啥大不了，告訴你也沒用。抱歉，讓你特地跑一趟。」

「要是沒啥大不了，你會忍著睡意，勉強開上高速公路嗎？」

「大概是一時糊塗，也可能是太疲倦，以至於腦筋不靈活，把一些枝微末節的小事想得太嚴重。現在靜下來思考，發現似乎沒必要跟你商量。別在意，就當沒這件事吧。」

「我非常在意。」

「對不起。」萩原靠在床上，低頭道歉。

加賀的目光移向桌上的電腦。當然，他不是對螢幕上的數字或圖形感興趣。不知這個聰明的朋友究竟在估量什麼，萩原一陣不安。

萩原從事承包各種企業企劃案的工作，是個擁有數十名員工的公司經營者。他曾任職某廣告代理公司。那段期間，他和大學同樣就讀社會系的加賀重逢。學生時代不怎麼熟絡的兩人，變得異常契合。萩原老是被派去做些雜務，或許和剛成為警官，辛苦適應的加賀有種同病相憐的感覺。此後，兩人每年會見幾次面。加賀原以為萩原熱中劍道、思想單純，見一、二次面後便完全改觀。

車禍那天晚上，萩原主動約加賀見面，表示有事想商量。不過，現在萩原似乎不想多談。

萩原發生車禍不久，加賀曾試著撥打他的手機，因為他沒赴約。不料，接聽的不是萩原，而是神奈川縣警交通課的警察，加賀才弄清楚狀況。不過，手機竟然完好，實在是奇蹟，大概是萩原碰巧成為緩衝墊吧。

加賀趕到川崎市內的醫院時，萩原意識不清。

警方及醫院聯絡不上他的家人，正傷透腦筋。雖已通知萩原家附近派出所的員警去查看，可是無人應門。即使打電話，也只聽見答錄機的回覆。

加賀從萩原的隨身物品中借出鑰匙，火速前往萩原家，希望能找到聯繫他妻子的方式。

然而，加賀剛出發，萩原的妻子峰子便打電話到醫院。她打回家聽語音留言，得知丈夫發生意外，驚慌得表示要立刻趕來。

約莫兩小時後，峰子和加賀一起出現在醫院。兩人湊巧在萩原家門口遇見。加賀剛抵達，峰子的車也停在門前。

以上的經過，萩原當然不知情，透過峰子和加賀的轉述才知道。他的身體恢復到能仔細聆聽他們話語的狀態，僅僅是三天前的事。

「我實在不懂。」加賀低喃。

「什麼？」萩原問。

加賀轉頭看他，深吸口氣。

「你居然會打瞌睡。」

「我不是說太疲倦嗎？畢竟我是血肉之軀。」

「不。」加賀緩緩搖頭，「不管多累，你都不是開車會打瞌睡的人。」

## 3

短暫的沉默後，萩原笑出聲。

「很高興你如此評價我。事實上，我的確開車打瞌睡，無可否認。我大概比你想的隨便吧。」

不過，加賀沒跟著笑，反而從上衣口袋中拿出小記事本，皺著眉頭翻開。

「當天上午，你出席髮型設計比賽的相關會議，地點在品川。接著，你前往濱松町和廣告代理公司的部長見面。這些行程沒錯吧?」

萩原注視著朋友。

「究竟是怎麼回事?你調查我的行程有什麼用?」

「請回答我的問題。沒錯吧?」

萩原嘆口氣,應一聲「是」。加賀點點頭,寫在記事本上。

「我問你,你怎麼知道我的行程?向公司職員打聽嗎?」

「是的。」

「我明明交代過,不能對外人透露公司的事情。」萩原不禁嘖了一聲。「這樣會洩漏公司準備接何種工作。反正他們一定是被警察證嚇到了。可是,怎麼不會適當胡謅一下,眞是一群不靈光的傢伙。」

「要是他們撒謊,不過就是再去問清楚。我一定會驗證得到的消息。」

聽到加賀的話,萩原搖頭。

「做到這種地步,你想幹麼?」

加賀抬起頭,看著萩原。

「待會兒告訴你。」

「現在告訴我。」

「等全部問完。」加賀的視線移回記事本，繼續道：「根據大嫂和大地的說法，當天早晨，你吃完早餐就去上班。你離開家門時，他們還待在屋裡，對嗎？」

「是的。你見到大地了？」

「昨天見過。」加賀的表情頓時柔和許多，「他長大了。」

「他明年就要上小學，接下來做父母的會更辛苦。」

大地出生幾個月後，加賀曾造訪萩原家。他帶著一個地球儀當賀禮，那個地球儀至今仍放在大地的房間。

「我也看到他的畫。」加賀說道。

「畫？」

「玄關那幅魚的畫。」

「噢。」萩原淺笑著，伸出左手搔搔眉毛上方，「你覺得如何？我老婆和幼稚園老師都認爲他有天分。」

「怎麼說，我完全是外行人。不過……」加賀微微偏著頭，「大地忠實畫出眼前的景象，是個直率的好孩子。就是這種感覺。」

「你不必客套。」

「我只是講出心中的感想。你帶大地去過水族館嗎？」

「不，還沒。我老想著之後要帶他去。」

此時，萩原才注意到最近都沒帶兒子出遊。這次的三連休對萩原家毫無意義。他忽然記起，大地曾脫口說想去八景島海洋樂園。

「等身體康復後，帶大地去水族館吧。」萩原自言自語。

「這樣很好。」加賀微笑，露出些許潔白的牙齒。

「那麼，訊問結束了嗎？」

「不，現在才要開始。」加賀又露出銳利的眼神，「那天你出門後，就出席那場髮型設計比賽的相關會議，並在會場吃午餐。接著，你和某廣告代理公司的部長約在咖啡廳談事情，喝掉一杯咖啡。」

「你連這種小事都調查啊。」萩原發出感嘆。

加賀沒理會，繼續道：

「跟廣告代理公司的部長談完，你就直接回家，沒到其他地方？」

「是的。」

「大概是幾點？」

「我不太記得，好像是六點半過後。」

加賀抬頭直起身，輕輕伸個懶腰。

「這不是很奇怪嗎？你和廣告代理公司的部長在濱松町見面，然後八點又要在澀谷跟我見面，何必專程回橫濱？」

「為了貓。」

「貓？」加賀先是一陣短暫的訝異，隨即想起什麼般點點頭，「那隻美國短毛貓啊。」

「你看到了？」

「車禍當晚，我不是去過你家？那時候看見的。貓怎麼了？」

「那天早上，峰子打電話給我，說出門前忘記把飼料倒進貓碗，要我抽空回家餵貓。」

「所以你就特地回家？」加賀十分訝異。

「沒辦法。既然養寵物，便要好好珍惜。這也是對大地的身教。」

「原來如此。」加賀連連點頭，彷彿接受他的解釋，「大嫂常這樣嗎？我是指，沒給寶貝寵物放飼料就直接出門？」

萩原沒立刻回答，凝視著加賀，想看透加賀的意圖。加賀的雙眸依舊深邃。萩原心下瞭然，石膏固定的上半身滲出汗水。

「她挺忙的，難免會疏忽。」萩原謹慎應道。

「後來你幾點出門？」

「七點多，我不曉得正確的時間。」

「從車禍發生的時刻和地理位置推測，大約是七點十五分，不會早於七點十分。公司職員說曾打你手機。」

「哦，或許吧。」

萩原大吃一驚，沒想到加賀已調查過所有細節。

「能不能盡量詳述那天你回家到出門前的行動？」

「你究竟有沒有聽進我的話？我不是告訴過你特意回家的理由？就是要餵貓啊。還是你想知道是哪個牌子？是叫『我喵』的貓罐頭。」

「貓吃『我喵』。那你呢？」

「我？」

「你沒吃東西嗎？」

萩原輕搖左手。

「喂，你不記得啦？那天我約你吃飯，怎麼會在出門前亂吃？」

「沒喝飲料？」

「沒有啊。」萩原粗魯地回答。

加賀闔上記事本，失望地垂下頭。沉默片刻，他把椅子拉近床邊，流露帶著控訴的悲痛神情。萩原赫然一驚。

「萩原，拜託你告訴我實情。你一定喝過什麼。要是忘記，請努力回想。」

萩原忽然感到口乾舌燥，彷彿一出聲，就會啞嗓。他告誡自己，絕不能顯露一絲狼狽。

「這麼問不是很怪嗎？那你說，我究竟喝了什麼？」

加賀喉結一滑，嚥下口水。比平常深邃的眼窩深處，流露堅定的目光。

「安眠藥。」朋友回道：「你喝過安眠藥。」

4

鈴聲響起，是病房裡的電話，放在伸手就能接聽的位置。萩原沉默地拿起話筒。公司職員打來請示資訊展的相關事宜。

「這件事交給你，和內田討論後再進行。那就麻煩了。」

掛斷電話，萩原可以想見公司裡一定會議論紛紛，認爲老闆今天不對勁。打給萩原卻沒獲得指示，大概是有史以來頭一遭。

「連住院都不得閒啊。」加賀苦笑道。

「眞的。算了，反正我閒不下來。不過，」萩原望著朋友深邃的五官，「你剛剛冒出奇怪的話，什麼安眠藥？」

「嗯，我是說過。」

「你的話很怪。出門前我幹麼吃安眠藥？那不是找死嗎？」

「你不是會想自殺的人吧？」

「當然。」

「那麼，」加賀臉上的表情逐漸消失，「就是有人故意讓你吃下安眠藥。」

「誰？」萩原問。

加賀沒回答。他撇開眼，望向窗外。

「告訴我，是誰讓我吃下安眠藥的？」

「有辦法讓你吃的人。」加賀偏著頭，不願直視萩原。

「沒有這種人。」萩原斷然否定，「看來你沒聽清楚，我重複一遍。離家前，我什麼也沒喝，什麼也沒吃。這樣的情況下，要如何讓我吃下安眠藥？我最後送進嘴裡的，是和廣告代理公司的部長見面時喝的咖啡。難道那杯咖啡摻有安眠藥？那部長不就是犯人？」

「你是回家才吃安眠藥的，與咖啡無關。」

「喂，加賀，你的耳朵有毛病嗎？我不是說，回家後根本沒吃東西？」

「不，」加賀回望萩原，「你一定喝過什麼，安眠藥就摻在裡頭。」

「你有完沒完？」萩原提高音調，「我曉得你是厲害的刑警。不過，拜託不要帶著有色眼光看待一切。你明白自己在講啥嗎？你的意思是，有人想殺我！」

萩原勃然大怒，加賀仍面不改色。只見他雙手交抱，嘆口氣。

「車禍當晚，我曾去你家，想找聯絡大嫂的方法。然而，大嫂已知道你出車禍，提早回家。她準備住院需要的用品時，我在客廳等待。」

「這件事你提過。你是那時候看到比奇的吧？」

「比奇？」

「那隻貓。」

「嗯，是的。」加賀點點頭，「可是，除了貓，我還看到別的。」

「別的？」

「白蘭地酒杯，放在廚房的水槽裡。」

萩原包著繃帶的右臂，彷彿重新感受到石膏的沉重。

「那又怎樣？家裡有白蘭地酒杯很平常吧。」

「你是何時用那個玻璃杯的？喝了什麼？」

「這種事……」萩原舔舔乾燥的嘴唇，「我哪記得。既然是白蘭地酒杯，大概就是白蘭地吧。我不會在白天喝，也許是前一天晚上。」

他還沒講完，加賀不斷搖頭。

「你喝的不是白蘭地，應該是清水。廚房裝有淨水器，所以是濾過的水。不是前一晚喝的，當然也不會是那天早上，而是在傍晚，與我見面前先回家餵貓時，用那個玻璃杯喝水。」

「你眞不是一般的自信。」

「你會使用那個玻璃杯，是因手邊找不到其他杯子。然後，你喝的是普通的水，對不對？」

「也許吧。可是，你怎麼會認定是那天傍晚？」

「水槽裡只有一個白蘭地酒杯，沒其他餐具。你猜爲什麼？」

「我哪知道。」

「其他餐具都在洗碗機裡。那天早上，大嫂把水槽裡的餐具全放進洗碗機，啓動後才出門，難怪你找不到杯子。說到這裡，你明白了吧？要是前晚或當天早上使用那個白蘭地酒杯，也會放進洗碗機。」加賀流暢地解釋。

萩原心跳加速。那天的情景浮現眼前。這麼一提，水槽裡的確空無一物。

「如何？」加賀試探道。

萩原長嘆一聲。這個男人果然如傳聞所述，是非常優秀的刑警。

「我的確喝了一些水。」萩原回答：「不過，其他什麼也沒喝。難不成安眠藥下在淨水器中？」

「我懷疑過淨水器，但可能性太低。」加賀一臉嚴肅，「你當時配水呑下別的東西吧？」

「你眞囉嗦，我只喝了水。」

「櫃子上放著一瓶維他命。」加賀平靜地繼續道：「而且瓶蓋沒拴得很緊。想必你是單手拿著幾顆維他命，用另一手轉瓶蓋。」

爲了掩飾自身的狼狽，萩原舉起左手搔抓額頭。

「你一向如此嗎？」

「怎麼說？」

「你每次去別人家，都會鉅細靡遺地觀察嗎？像是流理台水槽放哪些餐具、藥罐瓶蓋是否沒拴緊等等。」

加賀嘴角微揚，隨即恢復原來的神情。

「不，只在必要時這麼做。」

「這種說法不是很奇怪嗎？爲何要觀察我家？」

「身爲刑警，一旦發生不合理的事故、不自然的狀況，就必須懷疑背後另有原因。」

「不合理的事故？不自然的狀況？聽不懂你的話。」

「一開始我不就提過？不管多累，你都不是開車會打瞌睡的人。然而，你卻因此出車禍。我覺得非常不自然。」

「只有這樣嗎？」

「要是僅僅如此，我不會起疑，會認爲原來萩原並非想像中的鐵人。關鍵是後續看到的狀況。」

「後續的狀況？」

「萩原，」加賀有所顧慮似地壓低聲量，「得知家人或親戚車禍送醫時，你會怎麼辦？一般人會立刻趕往醫院吧？」

「這個……」

「橫須賀到這家醫院最快的路線，就是從橫濱橫須賀道路轉接第三京濱道路。任誰都會這麼開，因爲全程都是高速公路。不過……」加賀停頓一會，才開口：「她卻特意先下高速公路回橫濱的家一趟。我會覺得不自然，不是很正常嗎？」

## 5

萩原想翻身，不過裹著石膏，根本沒辦法。眞是無助啊，他暗暗感嘆。現在這種狀態，隨便一個人都能輕易置我於死地。

「從你的話裡，聽得出你懷疑峰子。我最討厭家人被說三道四，不過，這次就當是你的職業習慣，不跟你計較。給你一個忠告，你太注重邏輯。一般人的行爲不會這麼有邏輯。接到通知後，峰子沒直接到醫院，先回橫濱家裡，其實沒特殊意義。她只是剛好這樣做。即使問她理由，大概也會得到相同的答案。你想太多了。」

加賀把記事本收進上衣口袋，輕撥垂落前額的頭髮。

「當晚，我先走出你家，在屋外等大嫂。因爲我也開車，想在前面引路。不久，她拿著一袋物品出現。原以爲是放睡衣和換洗衣物的手提包，但根本不是。你猜是什麼？」

「不曉得。是什麼？」

「一袋垃圾。」加賀應道：「她拎著白色垃圾袋，丟到對面的垃圾集中場。」

「那又怎樣？出門前丟垃圾哪裡不對？」

「丈夫在醫院性命垂危，還會在意要丟垃圾嗎？」

「所以，人不是那麼符合邏輯的。隔天是星期六，是每週唯一收不可燃垃圾的日子，錯過就要等下週，峰子忽然想起也難怪。重點是……」萩原一口氣講到這裡，瞪著加賀問：「她爲何會想殺我？根本沒動機。」

「是嗎？」

「那你說說看。」

「再確認一次，那天你原本想和我談什麼？不是工作上的問題吧，身爲刑警的我幫不上忙。那就剩下家庭問題，而且是大嫂的問題。畢竟跟我這個光棍聊育兒經也沒用。」

萩原緩緩搖頭，想表示已厭煩這個話題。

「峰子回來前，希望能結束我們的對話。我擔心你見到峰子，會忍不住拿出手銬。」

「大嫂不會這麼快回來。」加賀應道：「你隱約知情吧。」

「什麼意思？」

加賀從上衣口袋拿出一張照片。

「我猜她是去這個地方，離醫院約二十分鐘車程。」

萩原接過，照片上是一棟大樓，前方是公園。

「這是葛原留美子住的大樓。你認識她嗎？」加賀問。

「是峰子學藝術造花的老師。她怎麼了？不對，你怎會有這張照片？何時照的？」

「三天前。」

「三天前……」萩原的視線從照片上移向加賀，「你在監視峰子嗎？你是不是跟蹤她到這裡？」

「想罵我卑鄙無恥，就盡量罵吧，反正我原本就是靠這個吃飯。爲了達到目的，我會不擇手段。」

「我不會罵你，只覺得你的工作很可悲。」萩原把相片放在床頭，「抱歉，我不想再聽下去。你能不能帶著照片離開？」

「不行，我不想眼睜睜看著朋友陷入不幸。」

「反正災難已發生，瞧瞧我這身繃帶。」

加賀不予置評，取過照片，望著萩原。

「你早就察覺葛原留美子和大嫂的關係吧。」

加賀的話刺進萩原的胸口，胃部上方感到鉛錘般的沉重。

「你在說什麼？」他勉強擠出一句，聲音略微沙啞。

「起先，我懷疑大嫂在外頭有男人，於是監視她的行動。不過，沒任何她與男人接觸的跡象。唯一進出頻繁的地方，住著一名單身女子。原以爲是直覺失準，但調查那名女子後，我發現驚人的事實。」加賀痛苦地皺起眉，緩緩眨眼後繼續道：「一年多前，葛原留美子曾和另一名女性同居。數個證人指出，她們不像單純的室友。換句話說，大嫂取代那名室友的角色……」

「夠了。」萩原打斷加賀的解釋。

# 6

「你果然知情？」加賀問。

「我聽過葛原留美子的傳言，但峰子絕不可能成爲她的新對象。峰子去找她，純粹是想學好藝術造花的技術。」

「萩原，別再自欺欺人。你不是眞的相信大嫂，只是想相信她而已吧？」

「什麼叫自欺欺人？我才沒有，我說的都是實話。」

加賀忽然站起，苦惱地用力抓頭，在狹窄的病房內走來走去。半晌後，他回到椅子前方，卻不打算坐下。

「坦白講，來之前我仍半信半疑，不願相信大嫂想置你於死地。然而，你的態度肯定了我的想法。你堅持那天出門前並未飲食，爲何要撒謊？正因你懷疑是她下的安眠藥，更不能對身爲刑警的我吐實，不是嗎？」

「別開玩笑。如果我心生懷疑，一定毫不猶豫告訴你。差點喪命還保持沉默，我人沒那麼好。」

「是嗎？你不想知道眞相吧？不論是大嫂和葛原留美子的特殊關係，或是大嫂對你懷有殺意，縱使你暗暗起疑，仍遲遲不願證實。你害怕去證實。」

「加賀，」萩原咬著嘴唇，調整呼吸後開口：「要是我行動自如，一定會揍你一拳。」

「等你康復吧，到時讓你揍個痛快。」加賀站在床邊，低頭看著萩原，雙拳緊握。

萩原嘆口氣，別開視線。

「我那天的確吃過維他命，但我再糊塗，也不會把安眠藥混進維他命的瓶子。難道有和維他命外觀一模一樣的安眠藥？」

「這一點我也不明白。不過，從你公司員工的話中，我發現另一種可能的情況。」

「另一種情況？」

「除了維他命，你常喝提神飲料，還經常一起服用。」加賀轉身拿起便利超商的白色提袋，取出一個小瓶子，「是這個吧？」

果眞是萩原慣喝的提神飲料。那天車禍發生前，他也曾飲用。

「那又怎樣？你該不會是指安眠藥加在瓶子裡？」

「我是這麼認爲，此外別無可能。」

「少胡扯，要怎麼加入安眠藥？不打開瓶蓋不行吧？難道你以爲我不會發現異狀？」

加賀默默扭開瓶蓋，發出金屬破裂聲。他直接取下瓶蓋。

「你想幹麼？」

加賀把瓶子拿到萩原頭部正上方，倒過來。「哇……」萩原想閃避，瓶子卻沒流下任何液體。

萩原一頭霧水，睜開眼問：「究竟怎麼回事？」

加賀指著瓶蓋，「瞧瞧裡面。」

萩原接過一看，忍不住驚呼。

原來瓶蓋上有個直徑兩公釐左右的細孔，被價格標籤遮住。

「這是從你家附近的藥局買來的，那家藥局會在所有瓶蓋上貼價格標籤。當天你喝的提神飲料，瓶蓋應該也貼著標籤。」加賀話聲異常響亮。

萩原努力回想。確實，瓶蓋上總是貼著價格標籤。

「這是很簡單的騙術。先鑽洞吸出飲料，摻入安眠藥後，重新灌進瓶裡。接著，用價格標籤貼住小洞，放好即可。」加賀淡淡解釋。

萩原一言不發地盯著瓶蓋，彷彿那個鑽開的小洞象徵某種意義。

他抓起瓶蓋一丟。尖銳的金屬撞擊聲響起，瓶蓋滾落地面。

「這不過是想像，」萩原說道：「全是你的想像。警察不能這樣吧？你有證據嗎？如果有她動手腳的證據，拿出來給我看啊。」

加賀拾起瓶蓋，蓋回另一手中的空瓶，放到桌上。

「我很後悔。」他彷彿在喃喃自語，「那天晚上，我應該折返你家，撿出她丟在那包垃圾裡的東西。如你所言，隔天是收不可燃垃圾的日子，所以她在去醫院前先回家，目的是要湮滅證據。」

「垃圾袋裡，裝有動過手腳的提神飲料嗎？」

「恐怕沒錯。」

「胡說八道。你想太多，就算有這種可能，你不覺得準確率太低嗎？如同你的調查，我經常喝提神飲料。不過，我不見得每次出門前都會飲用。就算喝了，也不曉得後果會怎樣。搞不好我發現自己昏昏欲睡，就把車子停靠路肩，休息片刻。凶手會採用這麼不確定的手段嗎？」

「所以……這就是日本法律上的『未必故意』。」

「什麼？」

「未必故意。犯人期待計畫能夠實現，但沒實現也無所謂——就是這種犯罪行爲。實際上，你大難不死，因此警方並未追查凶手。」加賀望著窗外，繼續道：「據說葛原留美子背負三千萬左右的債務。」

「三千萬……」

「大嫂暗示過想離婚嗎？」

「沒有，怎麼可能。」

「我想也是。在這種狀態下離婚，既無法獲得贍養費，也沒辦法爭取大地的扶養權。不，按照常理，倘若葛原沒債務，維持現狀對她最有利。」

「爲了幫葛原償還債務，她竟想殺掉我？」萩原腦海浮現「遺產」和「保險理賠金」等字眼，「就爲了這個理由？」

「或許大嫂並無積極的殺人意圖，只是認爲如果你碰巧死掉就太走運了。」

「走運……」

## 7

各種思緒纏繞在萩原胸口。坦白講，他根本不知所措。早在車禍發生前便是如此。

萩原並非沒察覺峰子和葛原留美子的關係。有人告訴他葛原留美子的性傾向，但他沒想到峰子會踏進同性戀的世界。加賀沒說錯，萩原只是不願相信。

仔細觀察峰子的一舉一動，萩原的疑慮逐漸加深。他非常苦惱，要是直接問峰子，必然會得到否定的答案，卻又想不到更恰當的確認眞相的方法。

所以，那天晚上他才決定約加賀見面。看遍社會百態的加賀，或許能給他一些建議。

不料，竟發生那場車禍。

其實，萩原一直懷疑自己是不是被下藥。可是，他盡量不去思考這件事。他害怕想多了會得到某個答案。然而，這並不是沒有答案就會消失的問題。

加賀翻開記事本，推到萩原面前，另一手拿出原子筆。

「幹麼？」萩原問。

「在這裡畫一隻魚。」

「畫魚？爲什麼？」

「就畫畫看吧。鮪魚或秋刀魚都行，畫你喜歡的魚。」

「感覺眞怪……」

萩原接過記事本和原子筆，用不靈巧的左手，畫出一隻形狀詭異的魚，既不像鮪魚，也不像秋刀魚。

加賀收回記事本，柔和一笑，「果然。」

「怎麼？你到底想說啥？」

「前幾天，我在電視上看到一則有趣的報導。畫魚時，不管是左撇子或右撇子，一定會把魚頭畫在左側。測試外國人，也得到相同的結果。現在你畫的魚，頭一樣是朝左。」

萩原茫然地看著自己的畫。

「聽你一提，的確如此。怎麼會這樣？」

「以魚類圖鑑爲首，和魚相關的圖片幾乎都是一樣的畫法。孩童從小看著這些圖片長大，『魚頭要朝左畫』的印象便深深烙印在腦海。至於爲何魚類圖鑑會這麼畫？因爲最初系統研究魚類的學者，總是素描魚的左側。理由是，爲了保全魚的心臟，右側在他們拿來描繪前，通常已遭剖開。」

「哦，我曉得你愛看電視。不過，其中哪一點値得注意？」

「回想一下掛在你家玄關的畫。就是大地畫的魚。」

「那幅畫……」

「魚頭是朝右。」

加賀提示，萩原點點頭。

「的確。看到那幅畫時，我總有些心浮氣躁，就是這個緣故嗎？可是，他怎會這麼畫？」

「我不是說過，大地是個坦率的好孩子，忠實畫出眼前的景象。」

加賀從上衣口袋又掏出兩張照片。

「這是你看過的葛原留美子住的大樓。另一張，則是將大樓前的公園一角，放大後拍攝的照片。」

萩原比對兩張照片後，盯著放大的那一張，不禁倒吸口氣。照片裡的魚雕刻，裝飾在公園入口附近。

「你的意思是，大地畫的是這座雕刻？」

「這麼推論並非毫無根據。給你當個參考，在公園裡寫生，魚頭會在左側。大地畫的魚頭在右側，表示他是在大樓這邊寫生。」

「葛原留美子的住處……」

「在二樓。她家的窗戶恰恰面對那座雕刻。」

「那麼，峰子曾帶大地到那傢伙的住處？」

「這是合理的推斷。當然，大嫂恐怕會反駁，說帶孩子去老師家哪裡不妥。」

「原來如此，她帶著大地去啊。」

萩原思考背後的原因，胃沉重得彷彿吞下鉛塊，心中非常不快。

「看來，她打算要跟那女人一起生活，共同扶養大地……」

「我不清楚她的計畫多麼具體。不過，她確實希望大地能更親近葛原留美子。」

「我明白了。」萩原望著天花板。不知爲何，此刻他完全感受不到傷口的疼痛。「你的話說完了嗎？」

「是的。」加賀把照片和記事本收回口袋，「或許你會認爲我多管閒事，但我實在無法袖手旁觀。」最後，他準備拿起桌上的小瓶子。

「瓶子就放在那裡吧。」萩原說道。

「這樣好嗎?」

「沒關係,留著。」

加賀思索片刻,點點頭。而後,他瞥向手表。

「沒想到我待這麼久。你要不要緊?很累吧?」

「身體是還好啦。」萩原扯扯嘴角苦笑。

加賀深呼吸,轉動脖子,發出細微的喀喀聲響。

「那麼,我回去了。」

「小心點,開車千萬別打瞌睡。」

加賀微微抬起一隻手,剛轉過身,又再度回頭。

「一開始你問的事,不想聽我的回答嗎?」

「回答?」

「你問我爲何要調查到這種地步,我說等全部談完再告訴你。」

「嗯。」萩原頷首,隨即搖頭,「不,算了。我不想從你的嘴裡聽到噁心的理由。」

例如友情之類的,萩原在心中低喃。

加賀右嘴角微揚,留下一句「保重」,走向門口。

此時,開門聲響起,加賀停下腳步。

「哎呀，要回去了嗎？」峰子的話聲聽在萩原耳裡，顯得異常開朗。
「我居然對著傷患滔滔不絕。」
「是我閒著無聊，硬要他陪我。抱歉，你很忙吧。」
「不，看你精神這麼好，我就安心了。我會再來看你。」
「謝謝。」
加賀踏出病房，峰子走進來。
「你們在聊什麼？」她笑著問，臉上略帶潮紅。
「就是一些有的沒的。妳去哪裡買東西？未免回來得太晚。」
「雖然對加賀先生不好意思，但不曉得下次要等到何時，我想趁機把東西買齊。」
「這樣啊。」他調整呼吸後，問道：「妳藝術造花學得如何？」
「咦？」她神情掠過一絲狼狽。
「藝術造花，沒學了嗎？」
「嗯……是的，最近都沒去上課，畢竟碰到這種情況。」
峰子的目光游移，突然停在桌上。加賀擺放那個空瓶的桌上。
萩原凝望著峰子，兩人視線交會，她立刻別開臉。
「花瓶該換水了。」峰子捧起窗邊的花瓶走到洗手間。

荻原望著峰子的背影，默默問道：爲什麼？爲什麼對方是個女的？妳不惜殺害我，也要跟那女人在一起嗎？

不過，荻原似乎能感覺到，峰子也在心中回答：都是你不好，是你變了。你究竟爲我做過哪些事？你認爲我比工作重要嗎？你能夠肯定地說，曾表現出老婆比工作重要的態度嗎？我只是選擇愛我的人。

峰子抱著花瓶出來，沒看荻原一眼，逕自放到窗邊，並調整起花朵。

「這個提神飲料的瓶子，」荻原開口：「是加賀拿來的。他是從哪裡取得，不用講妳也很清楚吧。」

峰子的手一頓，仍面對窗戶不動。

「發生車禍的隔天早上，他去過我們家。在垃圾車抵達前，找出妳扔掉的垃圾袋，撿回這個瓶子。」

峰子胸口劇烈起伏，看得出正用力吸氣。荻原繼續道：

「他是刑警，只要有心就能進行各種調查，不管這個瓶子藏著何種祕密。」

峰子轉向荻原，眼中帶著恐懼、憎惡和一抹後悔的神色。她一語不發，只咬著嘴唇。

「出去。」荻原平靜地說：「明天就不用來了。」

荻原感受到峰子內心轟然迸裂的震撼。然而，她卻面不改色，連站姿都沒絲毫變化，反倒是他更激動。萩原暗暗想著，所謂的女人眞是厚顏無恥。

峰子彷彿帶著能劇面具，毫無表情地邁開腳步。房內響起鞋跟喀喀踩地聲。即使她離開後，那聲響仍迴盪在萩原耳中，久久不散。

首刊於

〈再一個謊言〉《IN POCKET》一九九九年五月號

〈冰冷的灼熱〉《小說現代》一九九六年十月號

〈第二志願〉《小說現代》一九九七年六月號

〈失算〉《小說現代》一九九七年十月號

〈朋友的忠告〉《小說現代》一九九九年七月號

解說

# 除了謊言與圓謊之外？

藍霄

※本文涉及故事謎底，未讀正文者請慎入

東野圭吾不算寡作的推理作家，也很少特意強調有鮮明戲劇性格的系列偵探主角，所以登場合理性最尋常的刑警加賀恭一郎的系列故事，自然而然在東野圭吾作品中衍生出一種最貼近傳統推理的閱讀趣味。

收錄五則短篇推理的《再一個謊言》，是作者筆下「加賀恭一郎系列」的第六本，也是第一本短篇集。五個獨立事件，並沒有故事的相連性，實質上等於系列中唯一的短篇集，是獨特的存在。

加賀恭一郎是東野圭吾小說中，台灣讀者最早接觸的系列作品，早在初登場的《畢業——雪月花殺人遊戲》（皇冠）於一九八六年出版（這本小說獨步文化於二〇〇九年重新出版），台灣一九八九年即引進翻譯作品，這是台灣東野圭吾小說熱潮的濫觴。

雖說，東野圭吾本身近年來創作風格已呈多變，但是加賀恭一郎系列，如前所言，卻始終保有最純粹的推理小說閱讀樂趣，當然，隨著時間遞嬗，故事創作的手法更爲純熟，小說蘊含的弦外之音也益發明顯。

回想初接觸《畢業——雪月花殺人遊戲》，那是本校園青春推理，加賀以大學生身分登場，小說內容四平八穩，讀來印象並不深刻，並未料想多年後此系列會發展至目前的光景。

加賀系列的第四本《惡意》，二〇〇四年在台灣的出版，讓台灣讀者再度接觸加賀恭一郎系列。這本小說就寫實本格推理層面，個人給予相當高的崇敬評價，最令我訝異的是，加賀的身分在本作中已轉換成爲案件最合理的接觸者：刑警。追尋資料才知，早在加賀系列第二作《沉睡的森林》，因爲作者有趣的發想，加賀身分就這麼急遽轉換成警視廳搜查一課的刑警登場。

以東野圭吾的創作歷程來說，加賀恭一郎作爲最能反應寫實本格意念的偵探系列，寫著寫著畢竟也發展了快三十年。在繁體《再一個謊言》中文翻譯出版後，東野圭吾這系列一向「不特意強調，卻似乎有意無意」的風格，讀者可以有著更全貌的窺探。

我個人認爲加賀恭一郎在九〇年代後期登場的《惡意》、《誰殺了她》、《我殺了他》，再加上本作，是東野圭吾小說當中關於本格推理最純粹閱讀樂趣闡釋的第一個高峰。

這四本小說，東野圭吾對加賀恭一郎的描寫是相當隱晦的，文字描述主角也多半稀稀疏疏，角色上似乎只是作者解決事件的棋子，小說的重點趣味著眼於事件的推演與解決。

但是，如果再看看時隔多年之後加賀復又登場的《紅色手指》、《新參者》、《麒麟之翼》所洋溢的推理小說之外情感熱流，那麼承先啓後的《再一個謊言》是不是醞釀著什麼特別的創作念頭呢？

作家寫作風格可以改變，可以嘗試轉換，可以取材多樣化，然而橫跨近三十年的加賀恭一郎系列，總是隱隱然告訴讀者可以放心，東野圭吾創作核心還是本格推理，只是味道不再一成不變。

而且推理小說，推理之餘小說的味道重了。

前述《沉睡的森林》是個背景設定在芭蕾舞團的長篇推理故事，骨髓抽離就是〈再一個謊言〉的土壤。

作爲書名的首篇〈再一個謊言〉，也是這本短篇小說集代表的基本調性，它並不是典型的倒敘推理，但主要是以凶手視點推演故事，加賀刑警扮演的就是與凶手相對的角色，藉由問與答的數度交鋒，逐漸逼近核心與揭曉謎底。

這一系列，倏然在事件中出現的加賀恭一郎，總能精準洞燭事件的矛盾點，如同獵犬緊咬不放地往核心辦案，作者以全知觀點描述這方面的語句不多，讀者卻通篇自然感受主角的辦案風格，因而圍繞事件的問與答，捉與放，裡頭有著無形追擊，有著凶手謊言遮飾，刑警對於遮飾缺口的揭露，彼此如同陷阱施放的對壘，如同小說文句「爲了圓謊，就得編更大的謊言」是這本短篇集的趣味所在。

本格推理的遮掩，若是以對談的場景作爲情節的進行，基本上凶手要逃離追擊，無疑會在謊言的缺口上構築防禦的堡壘，而在二、三手的來回後，幾乎掌握解決關鍵的加賀，最後的引導陷阱是最精采的部分。所以五篇故事，多半採凶手端的視點爲主要的描寫方式，讀者的閱讀情感偏向罪犯端，理智上卻又偏向解謎的加賀恭一郎。

不過，〈冰冷的灼熱〉、〈第二志願〉、〈失算〉與〈朋友的忠告〉除了都是圍繞在謊言揭露的趣味外，閱讀調性上還是有與首作不太一致的地方，我特意查了一下資料，本書後面四篇都是在《小說現代》發表，首作〈再一個謊言〉則是在《IN POCKET》上發表，創作時序上都在一九九六至一九九九年附近。我沒辦法推測東野圭吾寫作這幾篇的心底構思目的，但後面四篇描寫的，皆是家庭夫妻之間的情感變質事件，短短的篇幅，卻將每對夫妻相處的裂痕描寫得入木三分，因爲是凶手的視點，讀者很難忽視細膩的心理描述。特別是〈失算〉對於女性婚姻處境的描寫，並沒有太多額外的控訴，對於一個殺人事件之外與動機相關的人性糾葛，淺淺的字句卻寫得讓人怵目驚心，有推理逆轉，有情感無奈，謊言與圓謊之外，一切盡在不言中。這也似乎是《紅色手指》再度登場的加賀系列多了推理之外的內底。

另外，在《我殺了他》書末推理作家寵物先生的解說，約略提及視點的問題，我也願意在此呼應，畢竟這一個階段的加賀系列，在視點的設計上比較重要，畢竟牽扯到事件的翻轉與作者的創作意念的安排。

不過長久以來，關於推理小說的中文描述視點，一直存有爭議。

我以最後一篇〈朋友的忠告〉為例，其實這篇凶手反而登場篇幅不多，但在開頭沒多久出現了「知道丈夫發生意外的峰子，驚慌得表示要立刻趕過來」的中文描寫。

這是談視點爭議的一個好例子，因為是作者以全知觀點描寫的語句，基本上讀者應該相信作者描述的筆下人物心理狀態。不過，「驚慌得」這類中文語句牽涉到心理，剛好就是一個模稜兩可的狀態，有人認為既然峰子是凶手，早預知丈夫可能會發生意外，當知道意外發生，凶手怎麼會「驚」且「慌」呢？如此一來，這幾個字牽涉內心狀態的觀點與整體事件眞相，就形成了矛盾，顯然是作者的誤導，對於本格推理公平性有極大的扣分，所以有人認為可寫成「驚慌的語氣表示」，來消除直接反應內心的狀態。

相反的意見是，過度注重視點會受到束縛，而且心理層面的用語，還是能廣義的解釋，亦即認為峰子即使預期意外會發生，事情一旦發生，接到通知，內心會慌亂也無可厚非，我個人是比較偏向後一種說法。有趣的是，閱讀此篇小說之初，前後句情境上我已經把峰子排除涉案，眞是有意思的矛盾。

所以，視點的爭議端視讀者怎麼來看這樣的事情，如果閱讀推理小說總是任由作者擺布，喜歡結局揭曉的驚奇感，對於枝微末節就沒有那麼侷限了。

雖然，加賀恭一郎的形象在作者的描述下並不醒目，但由於阿部寬扮演的加賀恭一郎的影視形象太過強烈且貼切，我個人在閱讀這系列也很自然置換成阿部寬登場的印象，不知讀者是否也是如此？

本文作者介紹

一九六七年生，醫師、推理作家。著有《光與影》、《錯置體》、《東方慢車謀殺案》等秦博士系列作品。

**國家圖書館出版品預行編目資料**

再一個謊言／東野圭吾著；鍾蕙淳譯. -- 二版. - 臺北市：獨步文化, 城邦文化事業股份有限公司出版：英屬蓋曼群島商家庭傳媒股份有限公司城邦分公司發行，2022.12
面；　公分. --（東野圭吾作品集；37）
譯自：嘘をもうひとつだけ
ISBN 978-626-7073-98-8（平裝）

861.57　　111016496

東野圭吾作品集37 再一個謊言

原著書名／嘘をもうひとつだけ
原出版社／講談社
作　　者／東野圭吾
翻　　譯／鍾蕙淳
責任編輯／陳盈竹（一版）、張麗嫺（二版）
編輯總監／劉麗眞
總經理／陳逸瑛
榮譽社長／詹宏志
發行人／涂玉雲
出　　版／獨步文化
城邦文化事業股份有限公司
台北市中正區民生東路二段141號5樓
電話：(02) 2356-0933　傳眞：(02) 2351-9179; (02) 2351-6320
發　　行／英屬蓋曼群島商家庭傳媒股份有限公司
城邦分公司
台北市中山區民生東路二段141號2樓
讀者服務專線：(02) 2500-7718; 2500-7719
24小時傳眞服務：(02) 2500-1990; 2500-1991
服務時間：週一至週五上午09：30-12：00; 下午13：30-17：00
讀者服務信箱E-mail：service@readingclub.com.tw
劃撥帳號／19863813
戶　　名／書虫股份有限公司
香港發行所／城邦（香港）出版集團有限公司
香港灣仔駱克道193號東超商業中心1樓
電話：(852) 25086231　傳眞：(852) 25789337
E-mail: hkcite@biznetvigator.com
馬新發行所／城邦（馬新）出版集團 Cite (M) Sdn Bhd.
41, Jalan Radin Anum, Bandar Baru Sri Petaling, 57000 Kuala Lumpur, Malaysia
電話：(603)90578822 傳眞：(603)90576622
E-mail:cite@cite.com.my
美術設計／蕭旭芳
排　　版／陳瑜安
印　　刷／中原造像股份有限公司
□2022年12月二版
□2023年7月12日二版二刷
售價／320元
Printed in Taiwan



ISBN 978-626-7073-98-8